源氏物語と遁世思想

笹川博司 著

風間書房

目次

高光出家の波紋……1
高光から源氏物語へ……33
源成信論……51
源氏物語の仏教思想……85
すくせ考……121
横川往還の道と小野……167

注……195
あとがき……217
人名索引……221
事項索引……225
和歌索引……231

凡例

一、本書は、『源氏物語』に繋がる思想、特に王朝貴族の「遁世思想」を論ずるものである。
一、本書に引用する文学作品や史料の本文は、次の通りとする。
1　『高光集』『多武峯少将物語』は、拙著『高光集と多武峯少将物語—本文・注釈・研究—』（風間書房・二〇〇六年）に拠り、歌番号や章段番号・頁を付す。
2　和歌は、特にことわらない限り『新編国歌大観』（角川書店）の本文に拠り、歌集・歌番号を付す。ただし『万葉集』は旧歌番号で示す。
3　『源氏物語』は、『源氏物語大成』（中央公論社）に拠り、適宜、歴史的仮名遣いに改め、句読点を付け、読みやすい表記に改め、帖名と頁を示す。
4　『大鏡』は近衛本、『栄花物語』は梅沢本（三条西家旧蔵本）に拠り、適宜、歴史的仮名遣いに改め、句読点を付け、読みやすい表記に改め、秋葉安太郎『大鏡の研究』（桜楓社）上巻の頁、あるいは、松村博司『栄花物語全注釈』（角川書店）の巻・頁を示す。
5　史料は、新訂増補国史大系・大日本古記録・史料纂集・史料大成・改定史籍集覧などに拠り、私に訓読した形で示す。
6　その他は、適宜、本文中あるいは注に示す。

高光出家の波紋

はじめに

応和元年（九六一）十二月五日、前右大臣師輔（九〇八～六〇）男で、右近衛少将だった藤原高光が廿三歳という若さで比叡山に登り、出家した。その出家が京の貴族たちに与えた衝撃の大きさは『多武峯少将物語』からうかがうことができる。出家を知った世間の人々は「いみじうあさましがり、ののしり」と大騒ぎし、当時三十五歳だった村上天皇（九二六～六七）も、義理の弟[1]とも甥[2]とも言える高光の突然の出家に「内裏にて、聞こしめし、驚きてけり」と衝撃を受けた。『大鏡』師輔伝は、

多武峯の少将出家したまへりしほどは、いかにあはれにも、やさしくも、さま〴〵なる事どもの侍しかは。なかにも、みかどの、御消息つかはしたりしこそ、おぼろげならず御心もやみだれたまひけんと、かたじけなくうけたまはりしか。

みやこよりくものうへまでやまの井の　よかはの水はすみよかるらん

御かへし

こゝのへのうちのみつねにこひしくて　くものやへたつやまはすみうし

はじめは横河におはして、のちに多武峯にはすませ給しぞかし　（九二頁）

と、村上天皇と出家した高光との、和歌の贈答を伝える。語り手の世継は、その時の村上天皇の心を付度し「御心もやみだれたまひけん」と推量する。『古本説話集』もほぼ同文でこの逸話を伝え、『新古今和歌集』もこの贈答を収める。(3)

高光の出家の波紋がその周辺の人々にどのように広がったか。しばらく『多武峯少将物語』によって、高光室だった師氏女、同母妹の愛宮、そして師氏から発信された和歌を通して、その波紋の広がり方をつぶさに見てゆくことにする。

一　高光室からの発信

(1)　出家直前の高光へ

『多武峯少将物語』は、「本より、かかる御心ありけれど」と語り始められる。高光には早くから出家願望があったというのだが、「かかる」という指示語は、この物語が高光の出家した直後に書かれたものであることを示していよう。この物語によると、高光は、しばしば妻に自身の出家願望を冗談めかして語っていたらしい。

出《い》で給ふたびごとには、女君《ぎみ》に「法師《ほうし》になりに、山《やま》へまかるぞ」と聞《き》こえ給ひければ、「例《れい》のこと」と、戯《たはぶ》れに思《おぼ》してなむ、聞《き》こえ給ひける。「まことに、このたびは」と聞《き》こえ給ひければ、「例《れい》の、夜《よ》さりは、帰《かへ》りたまへらむをこそは、『法師かへる』とは見《み》め」と聞《き》こえて、笑《わら》ひ給ひければ、「まことにや」と聞《き》こえて、出《い》で給ひければ、女君《ぎみ》「法師にならむと侍るは、我を厭《いと》ひ給ふなめり」とて、

あはれとも思《おも》はぬ山《やま》に君《きみ》し入《い》らば　麓《ふもと》の草《くさ》の露《つゆ》と消《け》ぬべし（1）

と聞《き》こえ給へば、高光の少将の君、

我《わ》が入《い》らむ山《やま》の端《は》になほ《を》かかりたれ　思《おも》ひな入《い》れそつゆも忘《わす》れじ（2）

と申し給ひて。

（一・一六八）

「女君」と呼称されているのが高光室である。「ほんとうに、今度は（法師になるつもりだ）」という高光の言葉を、妻は、当時流行していた「法師蛙(4)（帰る）」という冗談で茶化してしまおうとするが、重ねて「ほんとうだよ」と言う高光に、妻は真面目な顔になって「法師になりたいというのは、私を厭っていらっしゃるということですね」と言って、「私のことを愛しいとも思ってくださらなくなる無情の山に、ほんとうにあなたが入ってしまわれたならば、私はきっと、そ

の山の麓の草の露のように、儚く消えてしまうでしょう」と歌を詠むしかなかった。この歌は、『続後撰和歌集』に「少将高光かしらおろしにひえの山にのぼるよし申していでけるを、いつものならひに思ひて、我いとふゆゑにやとうらみてよみ侍りける　大納言師氏女」（雑下・一二一〇）という詞書で入集する。高光室は藤原師氏（九一三～七〇）女であった。

それに対して、高光は「私がもし山に入っても、私のことを、やはりそのまま頼りにしていてください。ひどく悲しんだりしてはいけません。あなたのことは決して忘れませんから」と、既に出家後を想定し、返歌している。

(2)「姉北の方」へ

高光が出家した翌年の春三月、高光室は、鶯の声を聞いて、高光異母姉へ歌を届けた。

三月ばかり、鶯《うぐひす》鳴《な》きければ、北《きた》の方《かた》、

我《わ》が身《み》にも世をうぐひすとなきをれど　君《きみ》がみ山《やま》にえこそ通《かよ》はね（8）

姉北《あねきた》の方《かた》の御返し、

山路《やまぢ》知《し》る鳥《とり》に我《わ》が身《み》をなしてしが　君《きみ》かく恋《こ》ふとなきて告《つ》ぐべく（9）　（四・一七四）

高光室は、ここでは「北の方」と呼称されている。「鶯のように、我が身も、この世が厭わしく、涙が乾かない、と泣いていますが、鶯のようには、あの人のいる山に飛んでいくことができません」。『古今和歌集』の「我のみや世をうぐひすとなきわびむ 人の心の花とちりなば」（恋五・七九八）などに拠って「鶯」に「憂く」「干ず」を掛け、女人禁制の比叡山に通ってゆけない我が身を嘆いている。「姉北の方」と呼ばれる人は、『尊卑分脈』に見える師輔三女「左大臣（源）高明室」とするのが通説である。高光室が気持を吐露したくなるような、教養のある心優しい人柄であったらしい。「山路を知っている鳥に、我が身を変えたいものです。あなたがこのように恋しく思っていると、鳴いてあの人に告げることができるように」と、『古今和歌集』の「わがこひはしらぬ山ぢにあらなくに 迷ふ心ぞわびしかりける」（恋二・五九七、貫之）や『平中物語』第八段の「としごとのはなにわが身をなしてしか きみが心やしばしとまると」（三六、女）などを踏まえた、心優しい歌が返ってきた。

(3)　独詠の如く

高光室は、父師氏の邸宅のあった桃園(5)に因んで「桃園の姫君」とも呼ばれる。

さて、かの桃園《もゝぞの》の姫君《ひめぎみ》、少将の君《きみ》の御袖《そで》に、涙《なみだ》のかかり濡《ぬ》れたりければ、

ほのぼのとあけの衣《ころも》を今朝《けさ》見《み》れば　草葉《くさば》が袖《そで》は露《つゆ》のかかれる　(22)

佩《は》き給ひし御佩刀《はかし》の、枕上《まくらがみ》なるを見《み》給ひても、泣《な》きたまふ。さぶらふ人々、上下、「かの御身より涙《なみだ》の流《なが》れ出《い》でぬる」と、聞《き》こえ給ひければ、姫君《ひめぎみ》、

津《つ》の国《くに》の堀江《ほりえ》に深《ふか》く物思《おも》へば　身《み》より涙《なみだ》も出《い》づるなるらむ（23）

人々、北《きた》の方に聞《き》こえ給ひければ、あはれがり給ひて、

ともすれば涙《なみだ》を流《なが》す君はなほ《を》　身《み》をすみがまかこまもたえせぬ（24）　（一〇・一七九）

出家前の高光の位階は、従五位上であったから、衣服令に「五位浅緋衣」とある通り、高光は「朱《あけ》の衣」（五位の袍）を着ていたのである。高光室は、高光の少将が出家前に身につけていた着物や持物の整理をしていたのであろうか。高光の「朱の衣」を見ては、官位を捨てて出家してしまった高光のことが思われ、悲しみの涙があふれ出てくる。その涙が高光の衣の袖の上にこぼれ、衣が濡れてしまったので、「ほのぼのと夜が明ける今朝、朱（あけ）の衣を見ると、袖は草葉でもないのに露がこぼれかかったことです」と、ふと独詠の如く歌を詠んだ。また、高光の少将が出家前、腰にさしていた刀が、枕もとにあるのを見ても、また涙が溢れ出てくる。女房たちが皆、「あふことのきみにたえにしわがみより　いくらのなみだながれいでぬらむ」（亭子院歌合・五九、伊勢）に拠って「どれほど泣かれるのか」と心配するので、高光室は『後撰和歌集』の「君を思ふふかさくらべにつのくにの　ほり江見にゆく我にやはあらぬ」（恋一・五五四、定文）などを意識して「津の国の堀江のように、深く悲しんでいるので、我が身から涙が限りなく出るのでしょう」と歌を詠む。

同じ桃園第に住む師氏の北の方（高光室の継母か）は、そんな高光室の様子を女房たちから聞い

て気の毒がり、「何かにつけ、すぐ涙を流す姫君は、やはり炭窯のような存在ですね。少しの間も物思いの火が絶えることがないところを見ると」と歌を詠む。この師氏の北の方の歌は、「涙」と「身」という高光室詠と共通する歌語が読みこまれてはいるが、返歌とは言い難く、「住み」に「炭」を掛けて「炭窯」と言いながら、『元良親王集』の「ひとりのみよにすみがまにくぶるきの　たえぬ思ひをしる人のなさ」（七）や「いとへどもうきよのなかにすみがまの　くゆるけぶりをけつよしもがな」（八）などのように、「思ひ」や「消つ」などの縁語にまで言及しない、中途半端な機智に止まった、しかも真情の薄い歌と言わざるを得まい。

(4) 横川の高光へ

出家前に高光の少将が常に使っていた鏡を、高光室は見つけて、山の高光に届けた。

　又、少将の常《つね》に見《み》たまひし御鏡《かがみ》を、姫君《ひめぎみ》見たまひて、「法師《ほうし》は、鏡《かゞみ》は見《み》ぬか」とて、かはしきの下《した》に入《い》れ給ふ。

　常《つね》に見し鏡《かゞみ》の山《やま》はいかゞあると　形変《かたちか》はれる影《かげ》も見《み》よかし（25）

山《やま》にもて参《まい》りたる御文《ふみ》に、いとあはれ多《おほ》かる、御かへりに、

　鏡山君《かゞみやまきみ》が影《ゝげ》もや添《そ》ひたると　見《み》れば形《かたち》は異《こと》にぞありける（26）　（一一・一八〇）

「出家以前、常に御覧になっていた鏡に、山では、どんな姿が映るのかと、あなたの出家姿を

映して見てください」という歌を詠み、たいそう心のこもった言葉を多く手紙に綴った。そんな妻からの手紙に対して、高光は「届けていただいた鏡に、あなたの姿も映っているかと見てみると、そこに映った姿は、私の異形姿だけでありました」と、実にあっさりと返歌してくる。「鏡」は、『古今和歌集』の「鏡山いざ立ちよりて見てゆかむ 年へぬる身はおいやしぬると」（雑上・八九九）によれば、老いの確認のためのもの。また、『後撰和歌集』の「身をわくる事のかたさにます鏡 影ばかりをぞ君にそへつる」（離別・一三二四、則善）によれば、別れ難い時に「影を添える」ためのもの。これらを受けて、高光は、私の見た鏡には、老若は超越し、あなたの影の添付も確認できず、ただ自分の異形（出家姿）だけが映っていたという。もう俗世とは一線を画した存在であることを表明したような歌が返ってきて、高光室は、いっそう高光との距離、すなわち高光が別世界の人となってしまったことを実感し、現実を受け入れざるを得なかったであろう。

(5) 愛宮へ

高光の道心は固く、還俗の可能性はなかった。横川では、高光と尋禅の同母兄弟が仏道修行に勤しみ、亡き母（雅子内親王）と亡き父（右大臣師輔）の供養に専心していた。「さらに京に出《い》でじ（山を出て、京へ下るつもりはまったくない）」という高光の言葉を、最も辛く受け止めたのは、高光室と、高光の同母妹である愛宮[6]だった。愛宮のもとへ、高光室は、二首の歌を含む手紙を届けた。

物思《ものおも》ひのやむよもなくてほど経《ふ》れば　忘《わす》るることもしゐのわかきか（37）

太刀《たち》佩《は》きたるを見《み》れば、絵《ゑ》に描《か》きたるさへなむ、悲《かな》しう侍りける。今日《けふ》の御かたちは知《し》らず、昔《むかし》のみ、面影《おもかげ》に見《み》え給ふ。そこには、…思《おも》ひ捨《す》てられける忍草《しのぶぐさ》、うとからずや、御覧《らん》ずらむ。ここにも、

独《ひと》りのみながむる宿《やど》のつまごとに　忍《しの》ぶの草《くさ》ぞおひまさりける（38）　（一五・一八五）

一首目の結句「しゐのわかきか」は難解。「椎《しひ》の若木か」と「四位《しゐ》の若きが」が掛けられているか。「椎」は、『後撰和歌集』の「わするとは怨みざらなんはしたかの　とかへる山のしひはもみぢず」（雑二・一一七二）のように、紅葉しない、いつまでも変わらないものとして詠まれる。「物思いの止む時もなくて時が経つので、夫のことを忘れることは今もありません」と解しておきたい。「椎の若木か」に掛けられた「四位の若きが」が、次の散文「太刀佩きたる」に続く。四位の若者が太刀を腰にさしている姿を見ると、高光は出家以前、従五位上だったが、出家しなければ、あのように四位になって、将来ある若い殿上人として、このあたりを闊歩していた実際の人間の場合に加えて、絵に描かれた姿までも、見ると悲しくなるというのである。そして手紙は「今日の夫の姿は知りませんが、出家前の昔の姿ばかりが面影に見えます」と続く。高光室の時間は止まったままなのである。次に、愛宮へのお見舞いの言葉を述べ、『古今和歌集』の「独のみながめふるやのつまなれば　人を忍ぶの草ぞおひける」（恋五・七六九）に拠って「独りだけで

物思いに沈む家の軒先には、あちこちに忍ぶ草が以前にも増して生い茂ったことです」と詠み、夫を偲ぶ日々であることを伝える。

愛宮の返信は、手紙を受け取ったこと、自分の方からもお便りしようと思っていたが、「袖濡《そでぬ》らすながめに明《あ》かし暮《く》らす」うちに、それもできなかったこと、両親（雅子内親王・右大臣師輔）の死に兄の出家という悲しみが加わり物思いが尽きないことを述べ、『能宣集』の「人もこぬよもぎのやどはつれづれと けふのあやめをあはれとぞきく」（三七二）などを踏まえ、兄の「蓬《よもぎ》のしげき宿《やど》に立《た》ち寄《よ》りたまひて、あはれとのたまひし御姿《すがた》」が、今は見られないので、ほんとうに悲しい、と続け、「形異《かたちこと》になり給ひつらむ御姿《すがた》」を時々でも見せてくださるなら、心慰められる時もありましょうに、「『出でじ』とのたまふなるこそ、いといとおぼつかなけれ（「山から京に出て行くつもりはない」と兄高光の少将が仰ったということですが、これからどうなることかと、まったくほんとうに不安になります）」と兄の言葉に触れ、高光室の贈歌に対応して

忍草《しのぶぐさ》は、ここにもや、
茂《しげ》り増《ま》す忍《しの》ぶの上《うへ》に置《を》き添《そ》ふる　我《わ》が身《み》一《ひと》つは露《つゆ》のほどにぞ（39）
思《おも》ひ消《き》えなで、生《い》きて。　（一五・一八六）

と、「忍草は、私の所においても、ますます茂っています。その忍草の上に置く露のように、兄を偲んで泣く我が身は、儚く消えてしまいそうです」と返歌する。歌末はそのまま「しかし、露

のようには消えないで、何とか生きております」と、後の散文に続く。高光室と愛宮の贈答は、和歌と散文が渾然一体となった文体で、高光室は夫が、愛宮は同母兄が、それぞれ隔絶した世界の住人となってしまった哀しみを伝え合うやりとりとなっている。

(6) 横川の高光へ、長歌を贈る

物語の語り手は「この姫君《ひめぎみ》、身をや投《な》げてましと思《おぼ》せど、きむだちのおはしければ、我《われ》なくてはいかがせむと思《おぼ》して、山《やま》に聞《き》こえたまふ」と語る。高光室は、身を投げてしまおうか、と思うが、子どものことを思うとそれもできない。せめてその気持を夫に伝えようと歌を贈るのである。『栄花物語』によると、高光と妻の間には、三歳か四歳になる娘があった。高光室の溢れる悲しみは、短歌形式には収まり切らず、和歌は、自然と長歌という形式となった。

君《きみ》や植《う》ゑし　我《われ》や生《お》ほしし　撫子《なでしこ》の　二葉《ふたば》三《み》つ葉《ば》に
生《を》ひたるを　風《かぜ》に当《あ》てじと　思《おも》ひつつ　花《はな》の盛《さか》りに
なるまでに　いかで生《お》ほさむと　思《おも》へども　露《つゆ》の命《いのち》や
あへざらむ　今《いま》ぞ消《け》ぬべき　心地《こゝち》のみ　常《つね》に乱《みだ》るる
玉《たま》の緒《を》も　絶《た》えぬばかりぞ　思《おも》ほゆる　物《もの》の数《かず》にも
あらぬ身を　ただひとへとて《ゑ》　あさましく　あまたのことを

思《おも》ひ出《い》でて　君《きみ》をのみよに　しのぶくさ　宿《やど》にしげくぞ
おいのよに　恋《こひ》てふことも　知《し》らぬ身《み》も　しのぶることの
うちはへて　来《き》て寝《ね》し人も　なき床《とこ》の　枕上《まくらがみ》をぞ
思《おも》ほしき　こと語《かた》らはん　ほととぎす　来《き》ても鳴《な》かなん
世《よ》を憂《う》しと　君《きみ》が入《い》りにし　山川《やまがは》の　水の流《なが》れて
音《おと》にだに　聞《き》かまほしきを　ほだされて　よにすみのえの
みつのはに　結《むす》べることの　なかりせば　常《つね》に思《おも》ひを
たきものの　ひとりひとりも　燃え出《い》でなまし　（46）　（二〇・一九一）

娘が成長するまで自分の生命が持ちこたえられそうもないこと、独り寝の寂しさや夫への恋しさに耐えている自分のところへホトトギスになって訪ねて来てほしいこと、子どもが「ほだし」になって出家できない母親の悲哀が綿々と歌われる。(7)

比叡山の横川にいる高光も、次のような長歌を詠んで返してきた。

もろともに　撫《な》でて生《お》ほしし　撫子《なでしこ》の　露《つゆ》にも当《あ》てじと
思《おも》ひしを　あなおぼつかな　目《め》に見《み》えぬ　花《はな》の風《かぜ》にや
当《あ》たるらむと　思《おも》へばいとぞ　あはれなる　今《いま》も見《み》てしかと
思《おも》ひつつ　寝《ぬ》る夜《よ》の夢《ゆめ》に　見《み》ゆやとて　うちまどろめど

見《み》えぬかな　めのうつつ《、》まに　限《かぎ》りなく　恋《こひ》しきをりは
面影《おもかげ》に　見《み》えても心　慰《なぐさ》みぬ　かたみにさこそ
都《みやこ》をば　思《おも》ひ忘《わす》るる《、》　時《とき》やはある　はるけき山《やま》に
住《す》まへども　つかま忘《わす》れず　思《おも》ひやる　雲居《くもゐ》ながらも
あしがきの　間近か《まぢか、》りしに　劣《おと》らずぞ　あはれあ《く》はれと
まこもかる　よと《、》ともにこそ　忍草《しのぶぐさ》　わがみ山《やま》にも
麓《ふもと》まで　生《を》ふと知《し》らなむ　白川《しらかは》の　淵《ふち》も知《し》らずは
ひたぶるに　君《きみ》かたにのみ　うきよかは　うれしき瀬《せ》をぞ
ながれては見む　（47）　（二〇・一九三）

贈歌の語句に対応する言葉を選び、『古今和歌集』の「あなこひし今も見てしか山がつの　かきほにさける山となでしこ」（恋四・六九五）、「思ひつつぬればや人の見えつらむ　夢としりせばさめざらましを」（恋一・五五二、小町）「かたみこそ今はあたなれこれなくは　わするる時もあらましものを」（恋四・七四六）や『後撰和歌集』の「心みに猶おりたたむなみだがは　うれしきせにも流れあふやと」（恋二・六一二）などに拠りながら、娘のことが気がかりであること、束の間も妻子のことは忘れず、遠い所から思いやっていることなどを伝え、丁寧な返歌に仕上げてはいるが、結局は、「うれしき瀬《せ》をぞ　ながれては見む」と時間が解決するだろうという達観した慰めの歌と

なっている。(8)

(7) ふたたび、独詠の如く

高光が出家して空席となった少将のポストには、高光の同母弟為光（九四二～九二）が就くことになった。その任官の御礼いわゆる「慶び申し」の儀式に、師氏邸を訪問した為光の姿を見て、高光室は、また涙が止まらない。

兵衛佐《のすけ》の君《きみ》、入道《にうだう》の少将君《ぎみ》の御代《か》はりに、少将になり給ひて、よろこびに、この中納言殿《どの》に参《まい》りたまへるを、見《み》給ひても、又、せきやりがたき御けしきなり。「中《なか》の君《きみ》少将は、山《やま》の君《きみ》の代《か》はりか」とて、

たがはずや同《おな》じ三笠《みかさ》の山の井の　水にも袖《そで》を濡《ぬ》らしつるかな（66）

北《きた》の方、

たがふこと少《すく》なき見《み》るはあはれなる　三笠《みかさ》の君《きみ》が代はりと思へば（67）　（一一五・一一九九）

為光は、『公卿補任』によると、師輔九男で、天徳三年（九五九）正月廿六日左兵衛佐、応和二年（九六二）正月廿三日右少将に任ぜられている。当時廿一歳。高光室は、「中の君の少将は、山の君の代わりですか」と言って、「少しも違いませんね。同じ近衛の少将となられた中の君は山の君に。それにつけても、山の君を思い出し、袖を涙で濡らしてしまいました」と歌を詠む。為

光を「中の君」というのは、雅子内親王腹の兄弟が、高光、為光、尋禅の順に生まれていて、次男であったことによる。「三笠の山」は、近衛の大・中・少将の異名。

高光室が哀しみに暮れて独詠する和歌に、師氏の北の方は、「違うところが少ないのを見るのは悲しいことです。新少将が慕わしい山の君の代わりだと思いますと」と同調する。しかし、慰めにもならない歌である。前述の(3)と同じパターンだが、師氏の北の方の歌に、高光室への真情がもう一つこもらないのは、やはり継母であるためであろう。

『多武峯少将物語』には、後の第三節(2)に挙げるように、高光の子女をめぐって師氏・師氏室・高光室が鼎唱する場面があるが、その場面で語り手は、師氏を「おほぢぎみ（祖父君）」というのに合わせれば、師氏室を「おほばぎみ（祖母君）」というべきところを、そう呼ばず「北の方」と呼称するのは、高光室の実母ではなく、継母であったからであろうと推定される。物語に「北の方」あるいは「中納言殿の北の方」として登場する師氏室は、醍醐天皇皇女の靖子内親王ではない。靖子内親王は、天暦四年（九五〇）十月十三日に三十六歳で薨去しているのである（一代要記）。『尊卑分脈』に見える親賢の母、安芸守雅明女か、保信の母、陸奥守信明女のいずれかということになるが、ここでは、三十六歌仙の一人、源信明の女ではなかったかと仮定しておきたい。いずれにせよ、高光室の実母ではないらしく、高光室の「母君」としては語られることはない。

(8) みたび、横川の高光へ

比叡山の横川で修行する高光のためにゆかりの人々は様々な御衣を届けた。高光室も、袿《うちき》と袴を贈っている。

青鈍《あをにび》の袿《うちき》、一重《ひとかさ》ね、同《おな》じ色《いろ》の袴《はかま》、一重《ひとかさ》ねなむ、奉《たてまつ》れたまひける。

君《きみ》が影見《げみ》えもやすると衣川《ころもがは》　なみたちぬひに袖《そで》ぞ濡《ぬ》れぬる（84）

返し、

我《わ》がためになみのぬひける衣川《ころもがは》　着《き》てだになれむ年《とし》を渡《わた》りて（85）（二一九・二一〇五）

その衣類に付けて贈った歌は、「あなたの姿がもしかすると映って見えるのではないかと、衣川まで出かけましたが、川面には浪が立ってあなたの姿は見えません。せめてあなたに着物を贈ろうと、布を裁って縫いながらこぼれた私の涙と、衣川の浪によって、袖がすっかり濡れてしまったことです」と、歌枕「衣川」によって、「川」の文脈には「浪立ちぬ」、「衣」の文脈には「裁ち縫ひ」を展開し、さらに「涙」と「浪」を掛けて結句に繋ぐ。技巧を凝らしながらも、高光への思いが詰まる。

それに対して、高光の返歌は、「会うことはできませんが、せめてあなたが私のために涙ながらに縫ってくださった衣を、ずっと着続けて年月を過ごしましょう」と、妻の思いを受け止めて、歌の語句との対応を考えながらも、しかし、あっさりと詠まれている。私のために縫ってくれた衣ですから、末長く着させてもらいます、という感謝の念を伝える儀礼的な歌以上のものではない。

二　愛宮からの発信

(1) 高光室へ

高光は、出家直前に同母妹の愛宮のもとを訪れたが、室内に上がることもなく、結局何も語らぬまま、山に登って出家を敢行した。高光室は涙に暮れて「尼《あま》になりなむ（尼になりたい）」と悲しみに溢れた便りを愛宮のもとに繰り返し届けてきた。愛宮が「ひとたびになり給へ（一緒に尼になりましょう）」と返事をすると、高光室は、尼になったとしても、女性である限り誰も、あの人と「同《おな》じ山《やま》には入《い》らざらむこそかひなけれど」、せめて横川の麓までだけでも、と思いますが、それも難しいでしょうと、比叡山が女人の入山を許さないことを伝え、愛宮の出家を思い止まらせようとするので、愛宮は

いづくにもかくあさましき憂《う》き世かは　あなおぼつかな誰《たれ》に問《と》はまし（3）

と、「憂《う》き世かは」に「横川」を掛けて、「どこにおいても、このように驚きあきれるくらい辛く憂鬱な世界なのでしょうか。ああ、横川での兄の様子が気がかりです。（女は皆、山に登れないな

ら）誰に尋ねたらよいのでしょう」という歌を詠んで贈った。それに対して、高光室は

住《す》み給ふ人にこそ、問《と》ひきこえめ、憂《う》からねばこそ、

なかれても君《きみ》すむべしと水の上《うへ》に　憂《う》きよかはとも誰《たれ》か問《と》ふべき（4）　（二・一七三）

と、「実際に横川に住んでいらっしゃる高光の少将に、問い申し上げるのがよいでしょうが…。あの人は辛くないからこそ、横川まで流れて、そこに住んでいるのでしょう。多少は泣けてくることはあっても、心は澄んでいるに違いありません。そう思うと、横川の水のほとりに住むあの人に、横川は憂き世ですかと誰も問う気になりません」と、散文から和歌へ、そのまま文脈が流れ込むような表現で、「流れ」と「泣かれ」、「住む」と「澄む」、「横川」と「世かは」を掛け、「水」の縁で、「憂き」に「浮き」を響かせて返歌する。

(2)　ふたたび、高光室へ

また、愛宮は、別な機会にも、亡き父の歌「ふじのねのけぶりたえずとききしかど　わがおもひにはおくれざりけり」（九条右大臣集・六〇）を意識して、高光室へ

なぞもかく生《い》ける世を経《へ》て物《もの》を思《おも》ふ　駿河《するが》の富士《ふじ》の煙《けぶり》絶《た》えせぬ（10）

あはれあはれ、そこにも、いかにとなむ、思《おも》ひきこゆる。夢《ゆめ》にも、山《やま》の君《きみ》の見《み》え給ふ折《おり》は、醒《さ》めて、悔《くや》しくなむ。　（五・一七五）

「何故このように、生きている間ずっと時を経て、私は物思いをするのでしょうか。駿河の富士の煙のように絶えることがありません」と歌を詠み、「ああ、あなたにおかれても、どんなに物思いをされているかと存じます。夢に、山の君が現れた時、その夢から醒めて、ほんとうに悔しい思いが致します」と、和歌に収まらない思いを散文にして贈る。小町の「思ひつつぬればや人の見えつらむ　夢としりせばさめざらましを」（古今集・恋一・五五二）や道綱母の「おもひつつこひつつはねじ　あふとみるゆめはさめてはくやしかりけり」（道綱母集・四九）なども意識されていよう。それに対して、高光室は、

物思《ものおも》ひは我《われ》もさこそは駿河《するが》なる　田子《たご》の浦浪《うらなみ》立《た》ちやまずして（11）（五・一七五）

「物思いは、私もほんとうにあなたと同じようにしています。駿河にある田子の浦に立つ波のように止むことなく」と、道綱母の『蜻蛉日記』所収の「…おもふおもひの　たえもせず　いつしかまつの　みどりこを　ゆきてはみむと　するがなる　たごのうらなみ　たちよれど　ふじのやまべの　けぶりには　ふすぶることの　たえもせず…」（五九）を意識し、「駿河」に「する」を掛けて返歌するのである。

(3) 異母兄（忠君）へ

山での兄の様子を心配する愛宮のもとに、「右衛門佐《すけ》」がやって来て、高光の少将の、山での

様子を語ってくれる。

「右衛門佐」とは、『職事補任』に「右衛門佐従五位上藤忠君　天徳二（九五八）正十九補」と見える、師輔の五男、藤原忠君と考えられる。天徳三年八月十六日内裏詩合（平安朝歌合大成）にも「方人」として「左衛門佐同（藤原）高光」と共に「右衛門佐同忠君」と見え、官職と名前が確認できる。『尊卑分脈』によれば、母は経邦女盛子で、伊尹・兼通・兼家らの同母弟だが、祖父の忠平に可愛がられ、その猶子となったらしい。また「歌人」と注記があるように、『拾遺和歌集』には「良岑義方女」との連歌が一首入集する。

愛《あい》宮の御もとに、右衛門佐《すけ》おはして、少将の君《きみ》、おはしつるやう語《かた》りきこえ給へば、「我《われ》ばかり、憂《う》き身はなし。男《おとこ》は、おはし通《かよ》ひたぶ」と、

山の井の麓《ふもと》に出《い》でてなかれなむ　恋《こひ》しき人の影《かげ》をだに見《み》む　（20）

とのたまへば、佐《すけ》の君《きみ》の御返し、

君《きみ》がすむ山川《やまがは》水のあさましく　憂《う》き世の中になかれ出《い》でにし　（21）

（九・一七九）

愛宮は、「男の人は、横川まで通ってゆき、そんなふうに兄に会えるのに、女の私は、山に入れず、こんな辛いことはない」と嘆き、『古今和歌集』の「山の井の浅き心もおもはぬに 影ばかりのみ人の見ゆらむ」（恋五・七六四）などに拠り、「山の井の水が、麓に流れ出てほしいことです。そうしたら、本人に会うのはかなわなくても、せめて恋しいあの人の姿だけでも、その水に映し

て見たいと思います」と歌を詠む。

それに対して、忠君は、「少将の君が住む山の澄んだ川の水は、既に憂き世の中に流れ出ていますよ。浅ましいことに、せっかく山を訪ねた私は、（そのまま出家もせず）浅い山川の水に浮いて流され、この俗世に泣きながら山を出て来てしまったことです」と、「住む」に「澄む」、「あさましく」に「浅し」、「憂き」に「浮き」、「流れ」に「泣かれ」を掛けて返歌している。

なお、この忠君は、高光室にも見舞いの言葉を伝え、「太刀佩《たちは》きたる姿《すがた》も、見《み》たまはむとあらば、彫傀儡《えりくぐつ》にても、さぶらはむ（太刀を身につけた姿を御覧になりたいと思われるなら、私は木彫りの人形のようなものですが、お傍に控えていましょう）」（一八・一九〇）と慰め、横川の高光のところへも、応和二年五月一日、兼通・兼家らの兄と共に訪問し、「草深《くさふか》き山路《やまぢ》を分けてとふ人を　あはれと思《おも》へど跡《あと》ふりにけり」（50）と詠歌している。

(4)　高光へ

山で修行する兄の高光に、愛宮は、何を贈ろうかと考えて、絹の単《ひとえ》の着物一組を、麻布の清潔な浴衣と一緒に、御湯殿《ゆどの》で役立ててくださいと贈った。その時、着物に付けて贈った歌は、

　君《きみ》がため泣《な》く泣《く》く縫《ぬ》へば世《よ》の中に　涙《なみだ》もかかるころもたちけり（86）

であり、「兄君のために泣きながら布を裁って、このような衣を縫っていると、涙が衣にこぼれ

かかります。思えば、出家されてから、この世では随分、こうした悲しい時が経ったのでした」というもので、「かかる」は、動詞の「（涙が）かかる」と、連体詞の「かかる（こんな）」を掛け、「衣」と「頃も」、「裁ち」と「経ち」も掛詞となっている。技巧を凝らしつつ、兄への深い思いがこもった歌である。

　高光の返信は、

いで、あはれや、これよりこそ、山菅《やますげ》のやうなりとも、御衣《ぞ》は奉《たてまつ》れまほしけれ、湯帷子《ゆかたびら》、ただのと、いかにせさせ給へらむと、あはれあはれと見《み》たまふるに、

　袂《たもと》より濡《ぬ》れけむ袖《そで》もまだひぬに　身《み》にもしみぬる唐衣《からごろも》かな　(87)　（三〇・二〇六）

というもので、「いや、ほんとうに有難いことです。私の方から、山菅のような粗末な物であってもあなたの着物を差し上げたいと思っていますのに、湯帷子と、普通の帷子と、どうしてこうまでしてくださるのであろう。ああ、ほんとうに有難く存じます」と礼を述べ、「あなたの涙で袂から濡れたという袖も未だ乾かないのに、また私の感謝の涙で、頂戴した大切な着物は身にしみるほどになってしまったことです」と返歌する。本来なら兄の自分が面倒をみなければならないのに、妹愛宮の心遣いに、深く感謝する真情に溢れた歌となっている。

　これは、第一節の(8)に挙げた高光室の贈り物への反応とは、対照的で、『多武峯少将物語』の語り手も、高光の少将は、自分の妻には「あふことのかたみにとこそ見たてまつれ」と、「難み」

と「形見」を掛け、「会うことが難しいので、頂戴した青鈍の袿と袴をあなたの形見と思って、大切にいたします」と申し上げなさっただけで、同母妹の愛宮に対しては、「いみじうあはれとなむ、ことよりも、愛宮の奉れたまへるを、とりわきて、泣き給ひける」（以上、三一・二〇六）と語り、他の贈物よりも、愛宮の差し上げなさった帷子を、とりわけ、深くあわれに思って、お泣きになったのであったと、その反応の相違を指摘するのである。

三　師氏からの発信

(1)　娘の高光室へ

師氏にとって高光は娘婿。その出家は、娘の将来を不安定にさせる出来事だった。師氏は、娘への手紙で「このごろはいかに思《おぼ》すらむ」と見舞いを述べ、「『尼《あま》にならむ』とさへ、のたまふなる」と心配し、「ここにぞ（私もいっそ）、憂《う》き世《よ》をば、背《そむ》きはてなむ」と思うけれども、何とか出家せずにいますと、自身の心情を吐露しつつ娘の心情に寄り添って、

尼《あま》にても、憂《う》き世《よ》をば離《はな》れずや。なほ《を》、しかな思《おぼ》しそ。

舟流《ふねなが》すほど久《ひさ》しといふなるを　あまとなりてもながめかるてふ（42）　（一七・一八八）

と、「尼になっても、憂き世を離れることはできないでしょう。やはり、出家はお考えになるな」

とはっきりと述べ、「舟を流して悲しむ漁師のように、あなたは高光の少将の出家に遭って久しく悲しんでいると聞きますが、尼になっても物思いは変わりませんから、尼になろうなどと考えないでください。海女は長海布《ながめ》を刈るといいますよ」と歌を贈る。『古今和歌集』の「…としへてすみし　いせのあまも　舟ながしたる　心地して　よらむ方なく　かなしきに…」（雑体・一〇〇六、伊勢）や『敦忠集』の「伊勢のうみにふねをながしてしほたるる　あまをわがみとなりぬべきかな」（一一九）などによって、「舟流す」ことが「あま」にとっての「悲し」く「しほたるる」こととして詠んでいる。

それに対して、高光室は、お手紙、謹んで拝受いたしました、いつもお見舞いいただきますこと、たいそううれしく存じます、と礼を述べ、私の方から、お便り申し上げたく存じますけれど、気分が、普段よりすぐれず、変に病気がちで、物思いに沈んでおります、と無沙汰を詫びて、

あまとても身《み》をし隠《かく》さぬ物ならば　我《われ》からとてもうきめかるなり（43）

と、うけたまはれば、思《おも》ひも定《さだ》めず。（一七・一八九）

と、『古今和歌集』の「あまのかるもにすむむしの我からと　ねをこそなかめ世をばうらみじ」（恋五・八〇七）に拠って、「海女となっても、海に浮いている海布を刈るだけの暮らしが待っているように、尼となっても、山に身を隠しておられる高光の少将とは同じ山には入れないのであれば、自分から何故尼になったのだろうと、つらい目を見るだけです。そんなふうに承りますと、出家

願望はありますが、どうしたものかと心が定まりません」と返歌を含む返事をする。和歌を受けて「と、うけたまはれば」とあるので、歌末の「なり」は伝聞。なお、「あまとても…うきめかる」と聞いたというのは、父師氏の贈歌の「あまとなりてもながめかるてふ」という下句を受けるだけでなく、おそらく、高光室が「尼になりたい」と言っていると聞いて、出家した高光が直接、妻に歌を届けた次の場面も指していよう。

姫君《ひめぎみ》、「なほ《を》、世《よ》の中《なか》、心憂《う》し。尼《あま》になりなむ」とのたまふ《給》を、聞《き》きて、少将の君《きみ》、

尼《あま》にても同《おな》じ山《やま》にはえしもあらじ　なほ《を》世の中をうらみてぞ経《へ》ん（27）（一二一・一八一）

「尼になっても、私と同じ山には、どうしても住むことはできないでしょう。ですからやはり、世の中を恨みながらも、そのまま俗世で過ごすのがよいと思います」と、高光は妻に出家を思いとどまるようアドバイスしていたのである。

(2)　孫娘をめぐる哀しみの座で

高光室は、高光出家後のある時点で、高光との間に生まれていた女子を連れて、『多武峯少将物語』に「つれづれのながめに、住《す》まひさへかはりたれば」（一八・一九〇）とあるように、住居を父師氏の桃園第に移した。その女子は、第一節(6)に挙げた高光室の長歌に「撫子」とあった娘である。『栄花物語』月の宴にも「三《み》つ四《よ》つばかりの女君のいと〳〵うつくしきぞおはしける」

と見え、出家して姿が見えなくなった父高光を慕って「屏風の絵《ゑ》の男《おとこ》を見《み》ては、父《てゝ》とてぞ恋《こ》ひきこえたまひける。これは物語《ものがたり》に作《つく》りて、世《よ》にあるやうにぞ聞《き》こゆめる。あはれなること（に）は、この御ことをぞ世《よ》にはいふ」などと語られている。この「物語」が『多武峯少将物語』らしく、次の場面が対応する。

さて、かの入道の君《きみ》の御子《こ》は、太刀《たち》佩《は》きたまへる人を見《み》給ひては「父君《てゝき》か」とのたまふに、「あらず」とのたまへば、「母君《はゝぎみ》こそ。父君《てゝき》にはあらず。などか、父君《てゝき》の久《ひさ》しく見《み》えざらむ」とて、泣《な》き給へば、姫君《ひめぎみ》、よよと泣《な》き給ふ。御髪《ぐし》かきなでて、「君《きみ》は、山《やま》にぞおはする」とて泣《な》き給ふを、祖父君《おゝぢぎみ》、見たまひて、のたまふ。

あしひきの山《やま》なる親《おや》を恋《こ》ひてなく　鶴《つる》の子見《こみ》れば我《われ》ぞ悲《かな》しき（60）

北《きた》の方、

比叡《ひえ》に住《す》む親恋《おやこ》ひてなく子鶴《こづる》ゆゑ《へ》　我《わ》が涙《なみだ》こそ川《かは》と流《なが》るれ（61）

母君《はゝぎみ》、

沢水《さはみづ》に立《た》つ影《かげ》だにも見《み》えよかし　ここら子鶴《こづる》のなきて恋《こ》ふるに（62）

とて、泣《な》き給ふ。

かくて、あはれなることがちになむありける。太刀《たち》佩《は》きたる人見《み》ても、「これや、父君《てゝき》。などは、母君《はゝき》のもとに、おはせぬ。我《われ》を抱《いだ》きたまはぬ」とて、嘆《なげ》き給へば、母君《はゝぎみ》、

あふことのかたきも知《し》らずうちになく　雛鶴《ひなづる》見《み》るぞ悲《かな》しかりける（63）

北《きた》の方、

あふことのかたみとてだに慰《なぐさ》まで　童《わらは》泣《な》きにぞ我《われ》も泣《な》かるる（64）

祖父君《をぢぎみ》、

かたにても親《おや》に似たらば恋《こ》ひ泣《な》きに　泣《な》くを見《み》るにぞ我《われ》も悲《かな》しき（65）（二四・一九七）

太刀を差している人を見ては「私のお父様か」と尋ね、「違います」と母君が答えると、「どうしてお父様は、長い間お見えにならないのでしょう」と泣く孫。その髪をかき撫でて「お父様は、山にいらっしゃいます」と答えて又泣く娘。そんな様子を見て、幼女の祖父である師氏は、「山にいる親を恋い慕って鳴く鶴の子を見ると、私は悲しくて仕方ありません」と詠む。子を思う情が深いという鶴に譬えて、その千歳の寿命によって賀しながら掌中の珠と育む子を「鶴の子」[9]と表現するのである。その歌語に導かれ、師氏の北の方が「比叡山に住む親を恋い慕って鳴く子鶴のせいで、私の涙は川のように流れています」、幼女の母君で、師氏女の高光室は「親鶴は、せめて沢の水に立つ姿だけでも水面に映して見せてほしい。こんなに子鶴が鳴いて恋い慕っているのですから」と唱和する。高光が出家した応和元年（九六一）に詠まれた「…さは水に　なく鶴のねは　ひさかたの　雲のうへまで　かくれなく　たかく聞えて…」（源順集・一一八）などにあるように、鶴の鳴き声は雲の上まで届くものだから、という願いもこもる。

また、「どうしてお父様は、お母様のもとにお出でにならないの、私を抱いてくださらないの」という幼児の嘆きに触発され、今度は逆の順番に、高光室が「親鶴に会うことが難しいことも知らず、心の中で泣いている雛鶴を見るのはほんとうに悲しいことです」、師氏の北の方が「会うことが難しいので、せめて絵を見てあの人の形見と思って心を慰めることができればよいが、それさえもできず、子どもが泣くように、私も泣けてくることです」、師氏が「絵であっても親に似ていたら、この子は恋しがってひどく泣く。それを見るにつけ、私も悲しいことです」と鼎唱する。師氏の桃園第では「あはれなること」の多い、哀しみの日々が続いたのである。

(3) 高光へ

師氏は、出家してしまった甥で娘婿の高光に、白銀の花瓶を四つ作り、季節の花を挿して贈った。

桃園《もゝぞの》の中納言の君《きみ》、白銀《しろがね》の花瓶《はながめ》を、四《よ》つばかり、作《つく》りて、その頃《ころ》の花挿《はなさ》して、山《やま》に奉《たてまつ》り給ふとて

山《やま》の端《は》はかくしもあらじ君《きみ》がため　都《みやこ》の花《はな》は折《お》れば袖《そで》ひつ（70）

御返《かへ》り、

我《わ》がために君《きみ》が折《お》りける花見《はなみ》れば　住《す》む山《やま》の端《は》の露《つゆ》に袖濡《そでぬ》る（71）

さて、この花《はな》など、君《きみ》たちみな聞《き》こえ給ひて、みな登《のぼ》りて、見《み》たまふ。念仏堂《だう》には、この瓶《かめ》に花立《はなた》てなむ、行《をこな》ひ給ひける。（二六・二〇二）

師氏は、高光に贈った花に「あなたのおられる山に咲く花は、このような様子ではないでしょう。都の花は、貴方を思う露の涙で濡れていますので、あなたに見ていただこうとその枝を折ると、私の袖が露れました」という歌を添えた。「山の端」は「都」と対比され、「かく」は「折れば袖ひつ」を指す。都では花の季節になっても皆、高光を偲んで涙に暮れているというのである。

それに対して、高光の返歌は、「私のためにあなたが折られた花を見ると、私が住んでいるこの山の露と、都が懐かしくて流す涙で袖が濡れることです」と、贈歌の「君がため」を「我がため」に替え、歌末を「袖ひつ」に対応させて「袖濡る」と結ぶ、感謝の気持を伝える儀礼的なものである。

物語の語り手は、その後、この花のことなどが都の殿上人たちの間で評判になり、男たちが皆、山に登って見たこと、高光が、念仏堂に、この瓶を置き、花を立てて勤行したことなどを語る。当時、横川では良源（九一二～八五）によって天台宗は浄土教化が進み、阿弥陀仏を念じる「念仏」が重んぜられつつあった。応和元年（九六一）五月師輔の周忌法会が行われた横川の楞厳《りょうごん》三昧院は、檜皮葺七間講堂・五間法華三昧堂・五間常行三昧堂から成る。常行三昧堂を「念仏堂」といったかと考えられる。この世を「穢土」として厭離し、「浄土」を欣求する浄土教の教えは、都の貴族たちの間に浸透しつつあり、妻子もあるのに「憂き世の中」を潔く捨てて、山に入って出家してしまった高光に、都の貴族たちは憧れたのである。それは、本稿の冒頭に挙げた村上天皇の詠歌も端的に示している。

むすび

愛する者、大切な人間の出家というのは、極めて衝撃的な事例だが、詠まれた和歌やその返歌を丁寧に読めば、その詠み手の心の襞や贈答の相手との関係性が浮き彫りになる。

本稿では、『多武峯少将物語』を材料にして、高光の出家によって「憂き世の中」に残されることになった高光室とその父師氏そして高光の同母妹愛宮、この三人が発信した和歌とその贈答の具体相を見てきた。それによると、高光は、出家したのだから当然といえば当然だが、関心はもう俗世にはなく、妻も含めて都人の贈歌にも儀礼的な歌を返すだけである。ただし、同母妹の愛宮への思いは最後まで残っていたことがわかる。むしろ、愛宮の方が兄の出家を冷静に受け止め、出家後の兄を心配していた感がある。高光室周辺の女房がこの物語の作者であろうと想像させるぐらいに、物語には高光室の発信する和歌が多く収められ、八首というのは最多である。そしてその半数は高光に贈られた歌である。高光室には気の毒だが、高光の返歌を読むと、もう俗世には、さらに言えば高光室には関心がない様子である。そんな高光室を心配するのは、やはり父師氏である。幼い孫娘もあり、高光室の出家だけは阻止したいというのが、師氏と高光の共通した思いであった。

高光から源氏物語へ

はじめに

応和元年（九六一）十二月五日、将来を嘱望されていた一人の若い少将が妻子を捨てて出奔、比叡山横川にて剃髪した。その少将の名は、藤原高光（村上天皇御記）。父は九条右大臣師輔（九〇八～六〇）で、母は醍醐天皇皇女雅子内親王（九一〇～五四）。その出家の衝撃と、同母妹愛宮や妻をはじめ周辺の者たちの悲嘆は『多武峯少将物語』に詳しい。高光は三十六歌仙の一人に数えられ、彼の和歌は『拾遺和歌集』以下の勅撰集に廿三首が入集する。家集『高光集』が伝わり、そこから母および父の死に遭って出家に至る高光の心の軌跡が仄見える。法名は如覚（尊卑分脈）。後に多武峯に移住し、多武峯少将と呼ばれた。『多武峯略記』には正暦五年（九九四）三月十日遷化とあるが、『斎宮女御集』によれば、高光没後の、村上天皇女御徽子と愛宮の贈答歌が見え、徽子が卒去する寛和元年（九八五）（大鏡裏書）以前に高光が亡くなっていることは明ら

かである。(10)

高光の出家事件から半世紀足らず、遷化から四半世紀ほどの歳月が経過した寛弘五年(一〇〇八)十一月一日には、「若紫」の帖を含む『源氏物語』のかなりの部分が紫式部によって書かれ、流布しはじめていたことが『紫式部日記』によって確認できる。『源氏物語』には、不如意の恋の様相、愛する者との離別と哀傷などが語られ、「すくせ」(11)に縛られた憂き世から遁れようとして出家を志向しながらも、「ほだし」(12)によってこの世に繋ぎ止められる人間像が描かれている。かつて鈴木日出男氏は『源氏物語』を「古代以来のさまざまな文学伝統が豊かにくみあげられている」「古代文学の総和」と捉え、「この作品と多様な文学現象との間に数多くの補助線を引いてみてはどうか。その繰り返しのなかに、『源氏物語』の文学史上の必然的な実相が浮かびあがってくるように思われる」(源氏物語の文学史上の意義)(13)と述べられたことがあったが、本稿は、そうした問題意識に連なるもので、高光に関わる『多武峯少将物語』『高光集』と『源氏物語』との間にどんな補助線が引けるのか、という一つの試みである。

一　非出家者の感傷と出家者の不動心

『多武峯少将物語』には、出家して横川に籠もった高光のところへ、高光の叔父師氏の妻で、高光室の継母でもある「中納言殿の北の方」から、袈裟などの装束一揃いが仕立てられ、贈られてくる場面がある。仕立てられた装束には、次の二首が添えられていた。

君《きみ》が着《き》し衣《きぬ》にしあらねば墨染《すみぞめ》の　おぼつかなさに泣《な》きて裁《た》ちつる（33）

奥山《おくやま》の苔《こけ》の衣《ころも》にくらべみよ　いづれか露《つゆ》のおきはまさると（34）

あなたが出家前に着ていた衣装とは形の異なる衣を仕立てることになり、悲しくて私は泣きながら裁縫しました。私の涙に濡れたこの袈裟と、あなたが奥山で今お召しになっている苔の衣（袈裟）と、どちらがひどく露で濡れているか比べてみてください。出家者の山での修行はさぞ辛く厳しいものでしょう。しかし、近親者に出家され、俗世に残された者の悲しみも、それに劣らず深いことを知ってほしい、というのである。

この歌に見える、袖を濡らす涙の比喩である「露」の量と、出家者が山中で着る苔の衣を濡らす「露」の量を「くらべ」るという発想は、『源氏物語』の次のような場面に受け継がれていったらしい。

源氏は、北山で心惹かれる少女（若紫）を偶然見つけ、魅せられ、少女の祖母に当たる北山尼君に、その魅せられた心情を、

はつ草のわかばのうへをみつるより　たびねの袖も露ぞかはかぬ　（若紫・一六二）

と訴えた。しかし、尼君からは、

枕ゆふこよひばかりの露けさを　み山のこけにくらべざらなむ
（若紫・一六四）

と、あなたは「たびねの袖も露ぞかはかぬ」と言われるが、それは「こよひばかりの露けさ」で、旅寝の一夜限りの感傷に過ぎないと相手にされない。

ところで、この尼君の答歌の下の句「み山のこけにくらべざらなむ」（比べないでほしい）という表現は、いかにも唐突である。源氏は、その贈歌において何かと「くらべ」て「かはかぬ」「袖」の「露けさ」を訴えているわけではないのに、「くらべないでほしい」という表現がなされているからである。何故、北山尼君は「み山のこけにくらべざらなむ」などと表現したのだろうか。この問いに対する答えとしては、そのとき尼君の脳裏に、『多武峯少将物語』の「奥山の苔の衣にくらべみよ」という歌があったと想定することぐらいしかないのではないか。袖を濡らす涙の比喩である「露」の量と、出家者の着る「山の苔の衣」を濡らす「露」の量を「くらべみよ」という発想を介在させることによって、はじめて「くらべざらなむ」という表現が可能になる。出家者は、「たびねの」「こよひばかりの」感傷の涙などとは、もはや無縁の世界に生きている。非出家者の感傷と出家者の不動心、そんな次元の異なる「露けさ」を比較しても意味がない。そんな意味のない比較をしないでほしい、という意味であろう。

その暁、源氏は法華三昧を行う阿弥陀堂から山颪《おろし》に乗って尊く聞こえてくる法華懺法《せんぼう》の声が滝の音と響き合うのを耳にした。そして、

吹きまよふみやまおろしに夢さめて　涙もよほすたきのおとかな　（若紫・一六五）

と、迷いや煩悩から醒める気がすると感涙を催す。しかし、北山僧都はそんな源氏に、

さしぐみに袖ぬらしける山水に　すめる心はさわぎやはする　（若紫・一六五）

と、山の水のように澄み切った心で生きている者は、そんなことに心を動かされたりはしないと言い切る。

こうした出家者の不動心も、やはり『多武峯少将物語』に既に見られたものである。出家した高光の異母兄（顕忠養女腹）に当たる「富小路の君たち」、「四郎君」（遠量）「六郎君」（遠度）「七郎君」（遠基）が高光のいる横川を訪問した際、「七郎君」が詠んだ歌、

君《きみ》が住《す》む山路《やまぢ》に露《つゆ》やしげるらむ　分《わ》けくる人の袖《そで》の濡《ぬ》れぬる（55）

に対して、高光と、同母弟で早くに出家していた尋禅が、それぞれ

苔《こけ》の衣《きぬ》身さへぞ我《われ》はそぼちぬる　君《きみ》は袖《そで》こそ露《つゆ》に濡《ぬ》るなれ（56）

昔《むかし》より山《やま》水にこそ袖《そで》ひつれ　君《きみ》が濡《ぬ》るらむ露《つゆ》はものかは（57）

と返歌する。特に、尋禅詠は、「山水に」「袖」を「濡」らすという表現や「やは」「かは」という反語表現が『源氏物語』の北山僧都詠と共通する。出家者は昔から山中の滝にも打たれ、あなたが濡れるといわれる露など、濡れるうちには入りませんと、非出家者の甘い感傷を一蹴するのである。

二　高光と常陸宮の姫君を繋ぐ線

『多武峯少将物語』によれば、高光の籠もっている横川には、高光の異母姉に当たる村上天皇中宮安子からも、

　胡桃《くるみ》の色の御直垂《ひたたれ》、梔子《くちなし》染めの袿《うちき》、一重ね、黒貂《ふるき》の皮《かは》の御衣《おほんぞ》、青鈍《あをにび》の指貫《さしぬき》、袷《あはせ》の袴《はかま》…

（二八・二〇三）

などの装束が贈られてくる。そしてその皮の御衣には、

　夏《なつ》なれど山《やま》は寒《さむ》しといふなれば　この皮衣《かはぎぬ》ぞ風《かぜ》は防《ふせ》がむ　(78)

という歌が一首添えられていた。

「ふるき」とは、廿巻本和名抄（九三四年頃成立）に「黒貂　和名布流木」と見える黒貂（くろてん）の古名で、その語源は、蒙古語 bulaga あるいはダフウル語 bulga といわれる(14)。「黒貂《ふるき》の皮《かは》衣《ぎぬ》」は、舶来の貴重な防寒着で、男性貴族が冬の宮中で宿直着として着用したり、山岳修行する僧が防風や防寒のために着用したりしたが、この舶来の防寒着は、一条朝に入ると、まもなく廃れたらしい。『源氏物語』においては、故常陸親王の姫君「末摘花」の衣装として、

　表着《うはぎ》には、黒貂《ふるき》の皮衣《かはぎぬ》、いときよらに、かうばしきを着給へり。

（末摘花・二二一）

のように見え、語り手は、源氏の視線に寄り添い「こたい（古体）のゆゑづきたる御装束なれど、なほ、わかやかなる女の御よそひには似げなう、おどろおどろし」と、昔風の由緒ある装束だが、やはり、若々しい女の衣装に不似合いで、仰々しい、と評している。この時、作者の脳裏には『多武峯少将物語』の中宮安子の歌が意識されていたらしく、末摘花の表情は、

げに、この皮《かは》なうては、寒《さむ》からまし　（末摘花・二一二）

というものだったと短評が加えられている。

その後、源氏は、須磨・明石への退去という大きな試練を経験し、二年半の歳月を経て都への帰還を果たす。しかし、末摘花邸への訪問はないままだった。「としかはりぬ。う月ばかりに」「ひごろふりつるなごりの雨、いますこしそゝきて」（蓬生・五三二）という天候の日、末摘花は、「ながめまさるころにて、つくづくとおはしけるに、ひるねのゆめに、こ宮（亡父、常陸宮）のみえ給ひければ、さめて、いとなごりかなしくおぼして、もりぬれたるひさしのはしつかた、おしのごはせて」、

なき人をこふるたもとのひまなきに　あれたるのきのしづくさへそふ　（蓬生・五三三）

という歌を詠む。

「年」が改まり、降り続く雨の「雫」を、故人を「恋ふる」涙に見立てて詠歌するのは、『高光集』の、

は丶宮うせ給てのち、としかへりて、あめふる日、ひめ君にきこえし
ひねもすにふる春さめやいにしへを　こふるなみだのしづくなるらん　（三）

と共通する。高光は、母雅子内親王の薨去した翌年、春雨が終日降り続く日、今日の雨は、亡くなった母が恋しくて、私たちが流す涙の雫なのであろうか、と同母妹の愛宮に歌を贈った。母と父、春と四月という相違があり、「いにしへ」を「なき人」、「なみだ」を「たもと」と微妙に言葉は異なるが、「こふる」「しづく」という感性は同種のものであろう。亡母・亡父は共に「宮」であり、高貴な家柄の子息でありながら落魄の身を予感する高光の感性が常陸宮の姫君に受け継がれていく。そのことが、末摘花から蓬生へ、常陸宮の姫君の人物像が大きく変貌していくことの一因でもあったと考えられるのである。

高光の一人娘は、常陸太守を務めた村上天皇第九皇子昭平親王の室となり、一女を産んだ。『源氏物語』成立当時、「常陸宮の姫君」と言えば、この高光の孫娘を指した。『栄花物語』巻第四に「九宮は、九条殿の御子入道の少将〈高光〉多武峯の君ときこえし、わらはなは、まちをさときこえしが（御むすめに）すみ給へりける。いとうつくしきひめみや、いでおはしましたりけるを、いとみすてがたうおぼしけれど、世中はかなかりければ、おぼしすて丶けるなりけり」（みはてぬゆめ、一・四八四）とあるように、九宮昭平親王は、永観二年（九八四）三井寺にて出家。のちに岩倉大雲寺に移り、「岩倉宮」とも呼ばれ、長和二年（一〇一三）六月薨去（小右記）。一方、

常陸宮昭平親王と高光女との間に生まれた「いとうつくしき姫宮」は、道兼の養女となり、成長して公任の妻となった。『源氏物語』に登場する「常陸宮の姫君」は、蓬生帖以外では醜女ぶりが強調されるが、公任室となった高光の孫娘の「常陸宮の姫君」はたいそう可愛かったらしい。(15)蓬生帖の「常陸宮の姫君」には、フィクションでありながら、現実の世界に生きていた高光の孫娘「常陸宮の姫君」の心象が微妙に反映している可能性がある。(16)

三　歌語「よもぎふ」が導く物語

常陸宮の姫君が「なき人をこふるたもとの」と詠んだ日の夕方、源氏は、すっかり「あさぢがはら」（蓬生・五三四）となった常陸宮邸を久々に訪問する。その荒廃ぶりは、源氏が「むかしのあともみえぬ、よもぎのしげさかな」（蓬生・五三五）と詠嘆し、惟光も「さらにえわけさせ給ふまじき、よもぎの露けさ」（同）というほどであった。源氏は、

たづねてもわれこそとはめみちもなく　ふかきよもぎのもとの心を　（蓬生・五三六）

と独詠し、牛車を下りた。通う道もないくらい深く繁った蓬のもとで、昔と変わらぬ心で私を待ち続けてくれる人を、私は訪ねよう、というのである。

源氏詠は、おそらく、『拾遺抄』の「題不知」「読人不知」の、

いかでかはたづねきつらむよもぎふの　人もかよはぬ我がやどのみち　（雑上・四五八）

という歌が踏まえられていよう。しばらく来訪のなかった男に対して、女が恨みの気持ちをこめて、私のように世間の人から忘れられ、誰も通ってこない我が宿に、蓬の繁る荒廃した道を尋ねて、あなたはどうして訪ねてきたのですか、と詠んだ歌である。源氏詠は、そんな詠み人知らずの歌を踏まえ、その返歌のように作られている。

この『拾遺抄』の「題不知」「読人不知」は、「たうのみねにすみ侍ころ、人のとぶらひたる返事に」という詞書で『高光集』三六番歌として収録されている。横川から多武峯というさらに深い山へ移り籠もった高光の存在が伝説化していく過程で、『高光集』に加えられたと考えられる[17]。紫式部が『源氏物語』を書き始めた頃、同歌が高光詠だという伝承が既にあったかどうかは明らかでないが[18]、よく知られた和歌だったことは間違いなく、『源氏物語』のあちこちに顔を出す。

「いかでかは」という和歌をそのまま訪問された側の立場で踏まえるのは、桐壺更衣亡き後、里に籠もる母君の所へ靫負命婦が桐壺帝の勅使として訪ねる場面である。

「野わきだちて、にはかに、はださむきゆふぐれ」の「ゆふづくよの、を《お》かしきほど」（桐壺・一二）に遣わされた命婦が見たのは、娘を失った悲しみにとざされた邸の「草もたかくなり、野わきに、いとゞあれたる心地して、月影ばかりぞ、やへむぐらにもさはらず、さしいりたる」（桐壺・一二）という荒廃した庭であった。勅使である命婦は寝殿の南正面に通されるが、母君はしばらく無言である。漸く発した第一声が次の言葉であった。

いまゝでとまり侍が、いとうきを、かゝる御つかひの、よもぎふの露わけいり給につけても、いと、はづかしうなむ。（桐壺・一二）

母君は、娘に先立たれたのに、今までこの世に生き残っておりますことが、まことにつろうございます、と言い、「いかでかはたづねきつらむ」という拾遺抄歌を想起したのであろう。「蓬生の人もかよはぬ我が宿の道」をわざわざ分け入って尋ねて来た、畏れ多い帝の使者に、私は泣いてばかりで、ほんとうに合わせる顔がございません、と堪えきれず又涙をこぼすのである。父故大納言と母北の方が愛情を注いで育てた娘の死を哀傷する場所として「蓬生の露」しげき里が選ばれている。

「蓬生」の用例はもう一箇所「若紫」にも見える。北山の尼君が死去した後、紫君が「むねつとふたがりて…ゆふぐれとなれば、いみじくくん（屈）し給へば、かくては、いかでかすぐし給はむと、なぐさめわびて、めのとも、なきあへり」（若紫・一八六）という状態で暮らしていた故按察使大納言邸が「蓬生」と表現されるのである。紫君の父である兵部卿宮が「あす、にはかに御むかへに」と伝えてきたことを、少納言の乳母が惟光に、

としごろのよもぎふをかれなむも、さすがに心ぼそく、さぶらふ人々も、おもひみだれて。（若紫・一八八）

と告げ、それをきっかけに源氏が紫君を無理やり連れ出す行動に出る。

「蓬生」は、大切な人の死に伴い、喪に服すために籠もって哀傷する場所であると同時に、その荒廃した宿には思いがけない人の来訪も期待される空間でもあった。『源氏物語』の「蓬生」という帖名も、『拾遺抄』あるいは『高光集』に見える「いかでかはたづねきつらむ」「よもぎふの人もかよはぬ」という和歌表現によって形成された歌語「よもぎふ」が喚起するイメージに基づいて選ばれたのであろう。

四 『高光集』の巻頭歌と巻末歌

『高光集』の巻頭歌は、

十月九日、冷泉院のつり殿にて、神な月といふ心を、
かみにおきて、よませ給しに
かみなづき風にもみぢのちる時は　そこはかとなくものぞかなしき　（一）

である。同歌は、『新古今和歌集』に入集し、詞書に「天暦御時、神無月といふことをかみにおきて、歌つかうまつりけるに」（冬・五五二）とある通り、「よませ給」の主語は村上天皇である。

村上天皇は、『日本紀略』によると、天徳四年（九六〇）九月廿三日の内裏焼亡によって、同年

十一月四日に「冷泉院」に移っている。この冷泉院での詠歌が村上天皇の里内裏時代のこととすれば、高光は翌年の応和元年（九六一）十二月五日に出家してしまうので、応和元年（九六一）の「十月九日」ということになる。すなわち、高光出家直前の詠歌と考えられるのである。高光は「そこはかとなく」と詠むが、実は心の中に出家の決意が既にあり、それゆえにこそ、風に紅葉の散る姿に深い悲哀を感じたのであろう。

そう考えると、『源氏物語』において、柏木が女三宮と密通し、それが露顕し、源氏の皮肉とも愚痴ともつかぬ言葉に致命的な打撃を受け、重い病に臥す身となり、その様子が、

わづらひ給さまの、そこはかとなくものを心ぼそく思て、ねをのみ時〳〵なき給。

（柏木・一二三〇）

と語られていることも気になってくる。「そこはかとなく」という表現の奥にある柏木の「しひて、かけはなれなむ」「あながちに、この世に、はなれがたく、を《お》しみとゞめまほしき身かは」「なべての世中、すさまじうおもひなりて、のちの世のお《を》こなひに、ほいふかくすゝみにしを、おやたちの御うらみを思て、野《の》山にもあくがれむみちの、お《を》もきほだしなるべく、おぼえしかば」（柏木・一二二七）などという出家を思う心内とも通底するのである。

また、四十三首本(19)の『高光集』巻末歌は、

ひえの山に住侍けるころ、人のたきものをこひて侍ければ、

梅花の枝にわづかにちりのこりて侍けるにつけて、つかはすとて
春すぎてちりはてにけりむめの花　たゞかばかりぞえだにのこれる　（四三）

である。出家して比叡山に住む高光は、人から薫物を乞われ、手元にあった薫物と歌を梅の花の散り残った枝につけて、梅の花はすっかり散ってしまったが、香だけはこのように枝に残っています、と贈ったのである。

この高光詠とよく似た場面が『源氏物語』にもある。明石姫君の裳着を控え、源氏は薫物の調合を諸方に依頼していたが、二月十日、雨が少し降った紅梅の盛りに、

前斎院よりとて、ちりすぎたる梅のえだにつけたる御文もてまゐれり。（梅枝・九七六）

と、朝顔姫君に依頼してあった薫物が早速届いた。その手紙には、

花の香はちりにし枝にとまらねど　うつらむ袖にあさくしまめや　（梅枝・九七七）

という一首が「ほのかなる」墨つきで書かれていた。薫物と歌を「散り過ぎたる梅の枝につけ」る趣向は、高光の場合と同じで、朝顔姫君の歌は、花の香は梅の花が散ってしまった枝に長くとどまることはないけれど、私の調合した薫物は、姫君の袖に深く染みてきっと末長く香ることでしょう、といい、若い明石姫君の将来を寿ぐ。梅の花は散っても香は残るというのは古今集以来の常套表現ではあるが、朝顔姫君「前斎院」が「花の香はちりにし枝にとまらねど」とわざわざことわるのは、「ちりはてにけりむめの花ただかばかりぞ枝にのこれり」という高光詠が意識さ

れていると見ることもできよう。

五　宇治十帖と高光の事跡

『源氏物語』宇治十帖の世界にも、高光の事跡との間に補助線が引けそうな箇所がある。まず、橋姫。冷泉院は、宇治の阿闍梨から八宮の生活を聞き、使者を八宮のところへ遣わす。冷泉院の伝言と贈歌は、

みかどの御ことづてにて「あはれなる御すまひを、人づてにきくこと」など、きこえたまうて、

世をいとふ心は山にかよへども　やへたつ雲を君やへだつる　（橋姫・一五一六）

というもので、あなたの心惹かれる暮らしぶりを人伝てに聞き、俗世を厭う私の心は山へと誘われますけれども、現実のわが身はそこまでお伺いできません。それは、八重に重なる雲であなたがお隔てになるからでしょうか、というのである。それに対して、八宮は、

あとたえて心すむとはなけれども　世をうぢ山にやどをこそかれ　（橋姫・一五一六）

と、俗世との交流を絶って完全に澄んだ心で暮らしているわけではありませんが、この世を憂きものと思い、宇治山で仮の宿りを営んでいます、と応じている。

高光が横川で出家した時、『多武峯少将物語』に「内裏にて、聞こしめし、驚きてけり」（一七一頁）とあるように、村上天皇もそれを聞いて驚いた。『大鏡』師輔伝は、

みかどの、御消息つかはしたりしこそ、おぼろけならず御心もやみだれたまひけんと、かたじけなくうけたまはりしか。

みやこよりくものうへまでやまの井の　よかはの水はすみよかるらん

御返し

こゝのへのうちのみつねにこひしくて　くものやへたつやまはすみうし(20)　（九二頁）

と、村上天皇と高光の贈答歌を紹介している。

この贈答と、『源氏物語』の冷泉院と八宮の贈答とは似通っている。「宇治」と「横川」という相違はあるが、都から「八重たつ雲」によって隔絶された「山」住みは、さぞかし心も浄化されて澄んでいることでしょうと見舞う帝と、相手が帝だからそう応えるのだろうが、心がそんなに簡単に澄むわけではなく、むしろ住みづらい山にいると帝のいらっしゃる内裏のことが恋しく存じますと返歌する高光。村上天皇と高光の関係は、冷泉院と八宮の関係に重なるのである。

また、薫が病身の大君を宇治に見舞い、そのまま滞留して看護する総角の場面。

「とよのあかりはけふぞかし」と、京思ひやり給。風いたう吹て、雪のふるさま、あわたゝしう、あれまどふ。…ひかりもなくて、くれはてぬ。

かきくもり日かげもみえぬおく山に　心をくらすころにもある哉　（総角・一六五八）

「とよのあかり」は、豊明節会。「新嘗会」とも呼ばれ、大歌所の別当が大歌をうたい、五節の舞姫が現れ、舞を舞う。内裏の華やかな賑わいとは対照的に、宇治では、大君の絶望と臨終、薫の失意という心象風景のような吹雪が荒れまどうのである。

臨終を向かう病床と服喪という相違はあるが、新嘗会の行われている内裏に参上せず「日かげ」を見ないで籠もるという構図は、『高光集』の、

おとゞうせ給てのち、新嘗会のころ、服にて内へもえ参らで、内侍のもとに

しもがれのよもぎがかどにさしこもり　けふの日かげをみぬぞかなしき　（三一）

に既に見える。廿二歳であった。天徳四年（九六〇）五月四日、九条右大臣師輔が薨去（日本紀略）し、高光は父を失う。その年の豊明節会には参列しないで喪に服し、「日かげ」を見ないことが悲しいと詠む。新嘗祭などの神事では、参列する者は皆、物忌みのしるしとして冠の笄の左右に青色または白色の組糸を結んで垂らしたが、もともとはヒカゲノカズラ（常緑のシダ植物）を付けたことから、その組糸を「ひかげ」という。そこから「ひかげを見ない」とは、神事に参列しないという意味となる。「霜枯れの蓬が門に鎖し籠もり」という状態なので、「日かげを見ぬ」とは当然、陽光を浴びることもない、という意も加わることになり、父師輔という大きな後ろ楯を亡くした高光の失意の表明であった。高光は翌年の十二月、廿三歳という若さで出家するのであ

る。

『源氏物語』の場合の宇治は、豊明節会のヒカゲノカズラが見えない奥山であると同時に、「光りもなくて暮れはてぬ」と陽光の届かぬまま日が暮れはてる「日かげも見えぬ」無明の世界であることが明記される。大君の臨終を止める術がなく希望の光の見えない薫の絶望、生きる望みを失い「やまひに事つけて、かたちをもかへてむ」（総角・一六五八）と思うが、それも許されない大君の悲しみ、大君が死んだら「ふかき山にさすらへなむとす」（総角・一六六〇）と言い、大君の死後「かく、よの、いと、心うくおぼゆるついでに、ほいとげん」（総角・一六六二）と薫は思うけれども、母の悲しみと中君の行く末に思い乱れ、結局は出家できない。

八宮や薫は、高光の事跡と重なる部分を持ちながら、高光のように簡単には出家を敢行できない存在として人物造型されている。高光の時代と比べ、遁世への憧憬が強まる一方で、その困難さも認識されるようになったのが『源氏物語』の時代だったのである。

源成信論

廿三歳で出家して藤原公任に「思ひ知る人」と歌に詠まれ、清少納言にも「かたちいとをかしげに、心ばへもをかしうおはす」と称賛された源成信について、出家までの道程を中心にその生涯を辿ってみたい。

一　父致平親王の出家

源成信は、村上天皇の第三皇子致平親王の第一子である。天元二年（九七九）の誕生と推定される。(21) 祖父にあたる村上天皇は、康保四年（九六七）五月廿五日に崩御し、成信誕生時には既にこの世の人ではなかった。また、父致平親王は兵部卿であったが、天元四年（九八一）五月十一日、三十一歳の時、(22) 三井寺園城寺の余慶に従い出家している。成信はまだ三歳であった。

この兵部卿致平親王の出家は、当時、周辺の人々の悲嘆を誘ったらしく、歌人の中務と元輔が、

兵部卿の宮、入道しはべりしとき、中つかさがよみてはべりし

くるゝまもこひしかりける月かげを　いるゝ山べのつらくもあるかな　（元輔集・一三六）[23]

なかつかさがよみてはべりし返　本に本

月かげをいるゝ山べはつらからで　おもひたちけむよをぞうらむる　（同・一三七）

と贈答しているし、また、同じ時、貞元二年（九七七）以来伊勢に下向していた徽子女王から、

兵ぶ卿宮入道したまへるに、いせより

かからでもくもゐのほどをなげきしに　みえぬやまぢをおもひやるかな　（斎宮女御集・七七）

と歌が届けられている。徽子女王は、村上天皇女御で、村上天皇との間に生まれた第四皇女規子内親王が、円融天皇時代の斎宮に卜定され、伊勢に下ったのに同行していたのである。歌は、『古今和歌集』の「よのうきめ見えぬ山ぢへいらむには　おもふ人こそほだしなりけれ」（雑下・九五五、物部良名）が踏まえられ、世の憂さから遁れた致平親王を羨むとともに、いよいよ交際の疎くなるのを嘆いたものだが、成信からすれば、自分は父の出家の「ほだし」になり得ない存在だったということになる。

出家した致平親王は、法名を悟円といい、明王院宮、法三宮などと称され、三井寺に住み、長久二年（一〇四一）二月廿日、九十一歳まで生きた。父は長寿ではあったが、早くに出家してしまったために、成信は、頼りとする存在を失うことになった。

成信も、後年、長保三年（一〇〇一）二月に出家することになるが、その出家の場所は父と同

じ三井寺であった。父の髪を剃った余慶は既にこの世にはいなかったが、父は当時三井寺に住み、仏道修行していた。[24]『尊卑分脈』によると、成信の出家は三井寺の余慶の高弟、慶祚阿闍梨の庵室において行われたのであった。この出家は、廿年後に父の跡を追うという意味もあったものと思われる。

二　叔父道長の猶子に・岳父源雅信の薨去

父の出家によって頼りとする存在を失った成信は、次に示す【系図】のように、母左大臣源雅信女が藤原道長室の倫子と姉妹だった縁によって、道長の猶子となる（『権記』長保三年二月四日条）。

【系図】

左大臣源雅信（九二〇～九九三）
- 女 ＝ 入道三宮兵部卿致平親王（九五一～一〇四一）
  - 成信（九七九～?）
- 倫子 ＝ 藤原道長（九六六～一〇二七）
  - 彰子（九八八～一〇七四）
  - 頼通（九九二～一〇七四）

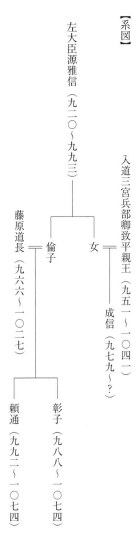

道長と左大臣源雅信女倫子（鷹司殿）との結婚は、『栄花物語』永延元年（九八七）条に、

か丶るほどに、三位中将殿（道長）、土御門《つちみかど》の源氏の左大臣殿（源雅信）の御女《むすめ》二《ふた》所、嫡妻腹《むかひばら》（穆子）にいみじくかしづきたてまつりて、后《きさき》がねとおぼしきこえたまふを、いかなるたよりにか、この三位殿、この姫君《ひめぎみ》（鷹司殿也）を「いかで」と心ふかうおもひきこえたまひて、けしきだちきこえたまひけり。されど、おとゞ（雅信）「あなものぐるをし。ことのほかや。たれか、たゞいま、さやうに口《くち》わき黄ばみたるぬしたち、いだしいれては見《み》んとする」とて、ゆめにきこしめしいれぬを…　（巻第三・さま〴〵のよろこび、一・三四一）

と語られるように、「位《くらゐ》などまだいと浅《あさ》き」廿二歳の道長からのかなり強引な求婚であったらしい。それゆえ倫子との結婚が許されると、恩義を感じて倫子の異母姉の子成信を養子として面倒を見たのであろう。もちろん、それは道長自身にとっても、左大臣源雅信との関係を強め、立身出世に益する行為であったにちがいない。[25] 成信が道長の猶子となった時期は、道長と倫子が結婚した永延元年（九八七）以降のことであろうから、永延元年からの道長の官位の状況を『公卿補任』で拾ってみると、

永延元年（九八七）廿二歳　非参議　従三位　九月廿日叙
　二年（九八八）廿三歳　権中納言従三位　正月廿九日任
　三年（九八九）廿四歳　権中納言従三位

永祚二年（九九〇）廿五歳　権中納言正三位　正月七日叙
正暦二年（九九一）廿六歳　権大納言正三位　九月七日任
三年（九九二）廿七歳　権大納言従二位　四月廿七日叙

のように、まさに道長が倫子と結婚した永延元年の九月廿日に非参議従三位に叙せられて公卿の仲間入りを果たし、その後も、権中納言から権大納言へ、従三位から従二位へと順調に官位が上げていくことが知られる。

正暦四年（九九三）七月廿九日には、左大臣源雅信が薨去するが、正暦四年、五年の道長の官位が「権大納言従二位」のまま停滞するのは、この雅信の薨去と関係するのかもしれない。[26]

雅信の薨去は、道長にとって岳父の死であり、たしかに悲しい出来事であったろうが、まだ十五歳だった成信にとっては、父致平親王が三歳の自分を捨てて出家してしまって以降、頼りにしてきた祖父の死であり、本当につらい出来事であったにちがいない。これからの自分の人生を考えて、心細い気持ちになったと思われる。養父道長には、前年の正暦三年（九九二）、長男頼通が誕生しており、道長の愛情も頼通の方へ傾いていくことも予想され、成信は前途を悲観し、寂しく感じることもあったのではなかろうか。[27]

雅信薨去のことは、『栄花物語』に、

土御門《つちみかど》のおとゞ（雅信）も、正暦四年七月廿九日にうせさせ給にしかば、大納言殿（道長）

やきんだち、さしあつまりてあつかひきこえさせたまふ、いとあはれなり。御としも七十ばかりにならせたまひぬれば、ことわりの御事なれど、殿のうへ（雅信室穆子）いみじうおぼしなげきたり。（巻第四・みはてぬゆめ、一・四七五）

と見え、

大納言殿のうへ（道長室倫子）たゞにもあらぬ御ありさまを、おほい殿（雅信）は「これをみはてゝ」とおぼしつゝぞ、うせたまひける。（巻第四・みはてぬゆめ、同）

と、倫子が二女妍子を懐妊していた時期であり、雅信は孫の誕生を見届けたいと思いながらも、果たさず亡くなったという。また『権記』正暦四年七月廿九日条によると、

年七十四。身、数代ニ仕へ、位、一品ニ至ル。三朝ニ、輔佐ノ臣トシテ、朝家ノ重ンズル所也。洛陽ノ士女、薨逝（ヲ聞キテ）皆恋慕セリ。

のように、雅信は七十四歳だったが、都の紳士淑女は皆、彼の死を哀れんだという。

三　源兼資女との結婚

祖父雅信の薨去から三年後、成信十八歳の長徳二年（九九六）正月十六日、『小右記』によると、内大臣伊周と中納言隆家が為光第において花山院を襲撃するという乱闘事件を起こす。この事件

によって、同年四月廿四日、伊周は太宰権帥、隆家は出雲権守として配流するという除目が行われたが、実際は、病気を口実に配所まで赴かず、太宰権帥伊周は播磨に、出雲権守隆家は但馬に、それぞれ逗留していたという（五月十五日条）。

翌長徳三年（九九七）四月五日になると、東三条院詮子の病悩快癒を念じて前月二十五日に出された非常の恩赦によって、伊周と隆家の罪科が赦されることとなり、四月廿二日、まず隆家が入京した。この時のことを『栄花物語』は、

筑紫には、御使も宣旨もまだ参らぬに、但馬には、いと近ければ、御むかへのさるべき人〳〵数も知らず参りこみたり。それもいでや面目有る事にもあらねど、いと〳〵うれしくおぼさる。さて、のぼらせ給ふ。五月三四日の程にぞ京につき給へる。兼資朝臣の家に中納言（隆家）のぼり給へれど、大殿（道長）の源中将（成信）おはすとて、此殿（隆家）のおはしたるを、ちゝ（兼資）は更によからぬことに思ひて、いみじう忍びてぞおはしける。殿の源中将（成信）と聞こゆるは、村上御門の三宮に、兵部卿宮（致平）と聞こえしが、入道して石蔵におはしけるが、御男子《をのこゞ》二人おはすなる、一所（永円）は法師にて三井寺におはす、今一所（成信）は殿の上（道長室倫子）の、御子にし奉らせ給ふなりけり。それ此兼資が婿《むこ》にておはしけり。されば、この中納言（隆家）には、今一人の女に親にも知られで通ひ給たりけるが、かゝる事さへ出で来て、いとゞうたてげに親共さへいひければ、今に忍び給ふなりけり。

（巻第五・浦〳〵の別、二・一一八）

と語る。『栄花物語』が隆家の入京を長徳三年の「五月三四日の程」とするのは史実と異なるが、右の記事によって、成信と隆家が源兼資の二人の女をそれぞれ妻とし、隆家が召還された長徳三年（九九七）四月、成信は既に兼資女と結婚していたことが知られるのである。成信十九歳の時のことである。しかし、この兼資女との結婚は長続きしなかった模様で、『枕草子』に、

　なりのぶの中将は、入道兵部卿の宮の御こにて、かたちいとを《お》かしげに、心ばへもを《お》かしうおはす。いよのかみ、かねすけがむすめ、わすれで、おやの、いよへゐてくだりしほど、いかにあはれなりけん、とこそおぼえしか、あか月《暁》にいくとて、こよひおはして、在明の月[28]に帰給ひけむ直衣姿《なをしすがた》[29]などよ。

（陽明・三〇七）

と見え、伊予守源兼資が女を連れて任国へ暁に旅立つというので、成信は宵に彼女のもとを訪れ、有明の月の出る頃に帰っていったという。「わすれで」の箇所は、「わすれて」と読まれてきたが、萩谷朴説に従い、濁点を付けて読む。父親と一緒に伊予国に下る昔の妻を忘れず、もう一度逢いにやって来た成信を、清少納言は成信が優しく風雅な心の持ち主であると評価し、有明の月が照らす中を帰っていったことなどを伝え聞いて、その時の成信の直衣姿がしみじみと身にしみてさぞかし素晴らしかっただろうと想像している。

　清少納言は、成信が父清原元輔の世話になった藤原在衡に連なる人物であった[30]ためか、自分の

仕える中宮定子にとっての政敵であったはずの道長の猶子成信に対して称賛の言葉を惜しまない。

四　道長の出離の思い

成信十九歳の長徳三年（九九七）七月頃から、行成の日記『権記』に成信の名前が散見されるようになる。それらの記録によって、当時成信が「民部権大輔」という官職にあったことが知られるが、[31]道長の病気と出離の思いに遭遇するのも、この頃である。

七月廿六日は臨時の御読経の結願の日だったが、道長は病気で参内しなかった。行成は「事了リテ亦、左府（道長）ニ参ル。民部大輔（成信）御（空白）事、今朝発動シ給フ所ノ御病（空白）ヲ伝フ」と記録する。成信は道長邸で看病にあたっていたことが知られる。この日の道長の病状は、権中将（源経房）の言葉によれば「大殿（道長）ノ御心地ハ甚ダ不覚ナリ」「瘧病《わらわやみ》ノ如シ。煩ヒ給フ事甚ダ重シ」ということであった。

年が改まり、成信廿歳の年、『権記』長徳四年（九九八）三月三日条には次のような記事が見られる。

行成は、道長急病という知らせを受け、蔵人弁（為任）と同車、道長邸に急行した。そこで民部大輔（成信）に逢い、容態を問うと、腰病で、邪気の所為だということだった。その時、行成は、病床の道長から「年来出家ノ本意有リ。斯ル時遂ゲント欲ス」という話を聞いていたが、宮中の御物忌の宿直のため参内した。その後、権中将（源経房）が急遽やって来て道長の「出家ヲ遂グベキノ由奏スベシ」という御消息を伝えてきたので、深夜の一時過ぎだったが、すぐに天皇の寝所（夜大殿）に参上した。

一条天皇が仰るには、「道長の請願する出家の事、その功徳は極み無いことだ。それゆえ、それを妨害すれば、その罪報は畏ろしい。しかし、『病体は邪気の所為だ』と聞いている。道心堅固であれば、いつか必ず志を遂げることができるだろう。病悩除愈したならば、はたして心閑かな入道であるかどうか。慌てて出家しない方がよい。罷りて彼の家に向かひ此の由を伝えなさい。又、病を除き命を延ばす為に度者を与えたいと思う。先例では其の人数は何人位であるか」と。行成が貞観十四年三月九日摂政藤原良房が重病だった時八十人であった先例を奏すと、それを参考に「八十人の度者を与えよう。このことも伝えなさい」と仰る。

勅旨を伝えられた道長は、「出家の事、年来の宿念によって遂げるのです。私は、不肖の身に対してこの上ない恩を蒙ってきました。そして已に官爵を極め、もう現世に望みはありません(32)。今、病はもう危急の状態で、私は存命することができないでしょう。此の時に本意を遂げなければ、遺恨にして更に何の益もありません。たとえ出家後若し身命を保つことになったとしても、跡を山林に晦ますつもりはありません。ただ後世の善縁を結ぶつもりです。亦た朝恩を報じ奉る為に、天長地久の事を祈り申し上げるつもりです。生前は果てしない恩徳を蒙り、これから後も亦た、果てしない恩を蒙ることになるでしょう。生前に本意を、病中に遂げたく存じます」と応え、宮中の物忌みで参上できない行成は、頭中将（藤原）正（光）にこの旨を奏上させた。時刻は午前二時半過ぎだった。

一条天皇は「外戚の親舅、朝家の重臣として天下を治め、朕の身を輔導するの事、いまの丞相（道長）以外に、誰があろうか。あなた以外にいないのだ」と再度慰留するが、道長はやはり出家を願い、平行線であった。

その九日後の三月十二日、道長は重ねて、三度目の辞表を民部権大輔成信朝臣に通じて帝にたてまつる。この時の上表が『本朝文粋』四・五に大江匡衡作として重出して収録されている。この上表に対する勅答も、やはり「大臣ヲ辞スルコトヲ許サズ」ということだったが、

臣道長言ス。頻リニ表シテ恩ヲ仰ゲドモ、未ダ矜遂ヲ蒙ラズ。意ヲ馳スルコト半漢、秋駕ノ騎方ニ危ウク、詞ヲ尽クシテ披陳シ、春木ノ筆腐チント欲ス。臣某〈中謝〉臣声源浅薄ニシテ、才地荒蕪ナリ。偏ニ母后ノ同胞トイフヲ以テ、不次ニ昇進シ、亦父祖ノ余慶ニ因リテ、徳ニ匪ズシテ登用セラル。

と始まり、

二兄重キヲ負ヒテ早ク夭セリ。猶ホ覆舟ヲ恩波ニ恐ル。微臣盈ヲ嫌ヒテ苛モ辞ス。害馬ヲ政

路ヨリ去ラント欲ス。

と続く上表文から伺える道長像は、辞表を楯に某かの要求をするような権謀術策に走る権力者の姿ではなく、自己の才覚や人徳を卑下し、これまでの栄華に満足し、真に官を辞し世を遁れようとする道長の姿である。(33)

このような養父道長の出離の思いに直面したことが、廿歳の成信の前途に大きな影を投げかけたことは否定できないだろう。

五　疱瘡の流行・行啓の妨害・行成の辞意

同年（長徳四年）の七月二日早朝、『権記』によれば、行成は一条天皇の召しに依り、御前に候し、天下の疫癘の事を相談されている。六月以降、世間では疱瘡が流行し、京中に多数の死者が出ており、相撲も中止となった。行成も、七月十二日朝から「心神不例」となり、十六日には「悶絶」した。しかし、心中に不動尊を念じ、観修より十戒を受け、何とか蘇生した。同日、民部権大輔（成信）は行成を見舞っているが、この時もあらためて、疫癘によって人間の無常を感じたものと思われる。

その年の十月廿二日、「京官除目」の議があり、翌廿三日丑剋に除目が了り、行成は右大弁に、成信は中将に、それぞれ任ぜられている。行成は、右大弁に任じられた感激を、『権記』に「左中弁ノ労、三年。時ニ年廿七。年未ダ卅ニ及バズ。大弁ニ任ゼラレシ者ハ、貞信公（忠平）〈廿一〉・八条大将（藤原保忠）〈年廿五〉ノミナリ」と誇らしげに書き付けているが、成信は、どのような気持ちで受けとめたのであろう。

年が改まり、長保元年（九九九）になり、成信は廿一歳。現存する『権記』の記事は七月まで飛ぶ。

七月廿三日、行成は早朝参内し、権中将（成信）と一緒に左府（道長）に詣で、また権中将（成信）と参内し、候宿している。この頃、行成と成信とが行動を共にしていることが多い。

八月四日、行成は一条天皇から中宮定子が来る九日に出産準備のため前大進生昌宅に行啓されることを上卿に伝えるように言われている。

八月六日、行成は、源中将経房・藤中将実成と同車し紫野の馬場に出かけて、これに権中将成信も加わり、桃園に赴き、宮中に入り、その年の六月十四日に焼けた内裏を見ている。何を語り合ったかなどは『権記』は何も記さないが、我が子彰子の入内を待ち望み、中宮定子の出産を喜ばない道長と、それに迎合する取り巻きたちの動向、あるいはまた、宮中の焼け跡を見てこの世の儚さなどを語り合ったのではなかったか。この時の記事ではないが、成信・重家の出家後の『権記』長保三年三月五日条に、最近成信と重家が時々荒廃した豊楽院を見に来ていたことを聞き、無常を催すために此処に来ていたのではないかという行成の慨嘆が記されていて、参考になろう。

八月九日、中宮行啓の当日であるが、上卿が参列せず、左大臣道長は、右大将道綱や宰相中将斉信と一緒に宇治に遊覧に出かけてしまう。中納言藤原時光が病を押し、物忌を破って参内したために、何とか行啓の恰好がついたが、行成は、早く参内するよう催促したり、職御曹司に参上して夕刻の行啓を案内したり、走り回ることになった。藤原実資も『小右記』同日条に「行啓ヲ妨グル事ニ似タリ」と記している。

行成は、『権記』八月十九日に「去夜ノ夢、蔵人ノ頭ヲ辞スベキノ趣ナリ」と記し、廿三日に道長邸に詣でて蔵人の頭を辞すつもりであることを言い、実際に九月七日「今日、蔵人ノ頭ヲ辞スル状ヲ献ズ。匡衡朝臣ヲシテ之ヲ作ラシメ、自ラ之ヲ書ク」という行動に出る。先ず東三条院詮子にその旨を啓し、次に左府道長邸に詣でたが、物忌だったので、権中将（成信）を呼び出してこの旨を伝えてもらっている。翌日、その辞状は返送されているが、行成のこの辞表提出は、中宮行啓という朝儀を軽視する道長に対しての抗議行動だったのではなかろうか。

九月十一日、行成は方違で、観修僧正の車宿に泊まったが、権中将（成信）も此の夜同宿している。成信自身、養父道長との関係はありながらも、清少納言が

そのきみ、つねにゐて、ものいひ、人のうへなどわるきはわるしなどの給しに…

（陽明・三〇八）

というように、中宮定子の後宮によく顔を出し、白黒をはっきりと言う性格であったとの証言からすると、養父道長が中宮定子の出産を喜ばないとは言え、行啓を妨害するかのような意地悪には耐えられなかっただろうと思われるのである。

翌朝、行成は、権中将（成信）と共に道長邸に詣で、その日の道長の西山遊覧に随行している。この時、有名な「大覚寺・滝殿」での藤原公任詠が『権記』に「瀧音能絶弖久成奴礼東名社流弖猶聞計禮」と記録されている。

行成は、頭の切替えが早く、最後まで能吏として俗世で生き抜いたが、成信は、行成の周辺で眺めることになった、疱瘡の流行とそのなかでの行成の「悶絶」と蘇生、官位昇進に対する素朴な感激、権力をめぐる対立、この世の無常と不如意といった事柄に、徐々に遁世の志を温めていったのではないかと思われる。

六　彰子の立后・道長の病気

同年（長保元年）十一月一日、道長の長女彰子が十二歳で入内した。

一方、同月七日、中宮定子には皇子敦康親王が無事誕生した。右近権中将成信が御剣を中宮に賜う勅使となったが、『権記』同八日条に、中宮亮藤原清通の「宮ノ御消息、昨、成信ニ付ケテ、読書博士并ビニ弦打人等ノ事奏セシム。而ルニ、未ダ仰セ事承ラズ」という言葉が記されていることからすると、皇子誕生に際して行われるべき御湯殿儀が、道長の意向を憚ってか、停滞しがちだったことが知られる。

定子に敦康親王が誕生した同じ七日、彰子は女御となった。そして一ヵ月後の十二月七日、道長は、姉で一条天皇の母である東三条院詮子を通じて、彰子立后を一条天皇に打診し、一条天皇から相談を受けた行成は、道長のために彰子立后が実現するように一条天皇に奏上した。その結果、一条天皇の勅許が母東三条院詮子に伝えられ、そこから道長邸に権中将〈成信〉を通じて伝えられた。行成は、道長から必ずこの恩に報いたいと感謝されたが、その日、権中将〈成信〉と逢い深夜まで「雑事」を指示している。成信は複雑な気持ちで彰子立后の報告を聞いたのではなかったか。

年が改まり、長保二年（一〇〇〇）二月廿五日、彰子立后の儀が行われた。立后の詔勅を伝える冊命使は、またしても権中将〈成信〉であった。

前にも引いたが、成信は、清少納言が「そのきみ、つねにゐて、ものいひ」と記すように、中宮定子付きの女房たちの所へしばしば訪れていた。定子のサロンは、成信にとって宮廷官僚としての心の憂さを晴らす場となっていたのではあるまいか。その憂さ晴らしの対象として、矛先が

向いたのは、定澄僧都であった。この頃の成信と清少納言のやりとりが『枕草子』に、

いまだいりのひむがしをば北のぢんといふ。なしの木の、はるかにたかきを「いく尋《ひろ》あらん」などいふ。権中将（成信）「もとより、うちきりて、定澄僧都のえだ、あふぎにせばや」との給ひしを、山しな寺の別当《べたう》になりて、よろこび申する、近衛づかさにて、この君のいで給へるに、たかきけいしをさへ、はきたれば、ゆゝしうたかし。出ぬる後に「など、そのえだ、あふぎをばもたせ給はぬ」といへば、「物わすれせぬ」とわらひ給。

「定てうそうづに、うちぎなし。すくせぎみに、あこめなし」といひけん人こそを《お》かしけれ。　（東急・一三ウ、一四オ）

と記録されている。山階寺とは、言うまでもなく、奈良の興福寺の別称である。定澄は、当時の貴紳の崇敬を受け、特に道長の信任を得ていたので、成信は内裏や道長邸で奉仕する定澄の目立つ長身を見ていたのである。

「今の内裏」とは、長保元年（九九九）六月十四日の内裏焼亡によって同十六日に主上が遷御されて以降、同二年十月十一日に新造内裏に還御されるまでの仮の内裏とされた一条院内裏のことで、中宮定子がその一条院内裏に滞在したのは、長保二年二月十一日から平生昌第に移御する三月二十七日までの時期であった。また、定澄が興福寺別当に補されたのは、長保二年三月十七日[34]のことであるから、一条院内裏の北の陣近くの大きな梨の木を見て、成信が「根元から伐って、

定澄僧都の枝扇にしたいものだ」と言ったのは、長保二年二月十一日から同年三月十七日までの間のことで、彰子立后の儀が行われ、成信がその冊命使を努めた時期とちょうど重なるのである。

四月に入ると、七日、彰子が中宮として一条院内裏に初めて入ってくる。入内初日に行われる縁故者に対する行賞の叙位において、道長は、候補に挙がっていた成信を停めて、先例の無いにもかかわらず、道綱を一家の兄として加階に預かりたい旨を重ねて奏上したが、行成が道綱と成信を共に加階すべきことを奏し、成信は従四位上に叙せられたのであった。

しかし、道長の栄華への道も、そう単純ではない。四月廿七日、行成が道長邸に詣でると、道長は気分がすぐれず、「雑事」を色々と行成に命じて「鶴君」（頼通）のことを託している。第一回の辞表を左近中将経房を使者として奏上したが、即日、少将重家を勅使として辞表は却下された。五月八日には、東三条院詮子も重病であるとの連絡を受け、行成は経房・成信の両中将とともに参院している。

道長の第二回の辞表は、五月九日に奏上されたが、勅許は得られず、十六日、道長の病気は「殊ニ重シ」、東三条院詮子の病気も十七日「極メテ重シ。邪気取リ入リ奉リ、御身已ニ冷タシ」といった状態であった。十八日、詮子は度者千人、道長は度者百人を賜ったが、道長は同日、第三回の辞表を奏上している。この道長の第二回・第三回の辞表は、『本朝文粋』四に収録されており、大江匡衡によって作成されたもので修辞的であるとは言え、「病ハ膏肓ニ入リ、命ハ旦暮ニ在リ」（九日）とか、「残灯暫ク挑ミ、印ヲ解クノ恩光ヲ待チ、朝露消エント欲シ、身ヲ休ムルノ恵沢ヲ仰グ」（十八日）といった表現で道長の病状が示されている。道長はこの病状の快復のため、廿五日、伊周の本官・本位を復して欲しい旨を行成に奏上させるが、行成は「邪気ノ詞也」と評し、天皇も勅許を与えなかった。その勅語を聞いて「目ヲ怒ラシ、口ヲ張リ、忿怒非常」な形相になった道長を見て、行成は、已に人位を極めた道長ほどの人間でも、ひとたび病気になって邪霊に取りつかれると平常ではいられないのだと、大きなショックを受け、「死ハ士ノ常也。生キテ何ノ益カ之有ラン。事ノ由ヲ謂ヘバ、是ノ世ハ無常也。愁フベシ〳〵。悲シムベシ〳〵」と記している。六月に入ると、民部大夫国幹・前因幡守孝忠・左馬権助親扶等が相次いで卒去し、廿日には「近日疫癘漸ク以テ延蔓シ、此ノ災年来連々トシテ絶ユルコト無シ」と記し、世間の人々の「代ハ像・末ニ及ブ」という評言を紹介している。

六月廿七日、漸く道長の病気は平癒した。行成は「仏力ノ為ス所、随喜甚ダ深シ」と記している。

なお、このほぼ二カ月の間の看病体験が道長の猶子成信の出家の原因となったと、『権記』は、成信が重家と共に出家を敢行した長保三年（一〇〇一）二月四日条に、成信の略伝の後、次のような解説を加えている。去年道長が数カ月に及ぶ病気になった時、忙しく看病に当たったが、なかなか病状がよくならないまま、夏が過ぎ秋が来て、近くでお仕えする少年の召使の態度が怠慢で疎略になっていく様子に、人心の変わり易さを見、この世での栄華や家柄の儚さに気づき、発心したというのである。

　しかし、この成信の出家の理由について、「『権記』の出家理由には、意識的な韜晦が行われていると思える」という指摘が関口力氏(35)によってなされている。たしかに、『権記』の、道長の病気平癒を六月廿七日とする記録と、八月に及んで道長の病が平癒したという解説には矛盾がある。実は、長保二年（一〇〇〇）の冬に成信の心を決定的に揺さぶった出来事が起こっていたのであった。

七　皇后定子の崩御・少将成房の出奔

　長保二年（一〇〇〇）十月十一日、新造内裏遷御があり、中宮彰子も入御した。十五日には遷御後の初めての政があり、右近権中将成信も奉仕しているが、同日の『権記』に、「権中将、□夜ノ夢想ヲ示サル。慎ムベキカ」と、成信が不吉な夢の話を行成にしたことが記され、注目される。

　そして十二月十六日、皇后定子が御産のために下がっていた平生昌邸で、皇女媄子出産後に崩御するという事件が起こる。廿四歳であった。前夜、東三条院が焼亡、詮子は道長の土御門第に移御したが、不祥雲が出ていたという。一条天皇は悲嘆にくれ、道長を召すが、道長の所では詮子が御悩危急という状態であった。前典侍が邪霊となって狂乱し、道長と掴み合い、その邪霊の云う所は道隆か道兼に似ているという。十七日、一条天皇は定子崩御後の雑事を右大臣顕光に行わせようとするが、顕光は歯を煩っていることを理由に参入しない。行成は、源俊賢の「后ノ宮ニ参ルト雖モ、宮司并ビニ外戚ノ親昵《しんじつ》ナル者、相逢フノ人無シ。都ニ一事ニ口入《くにゅう》スルノ輩□（無カ）、為スベキノ術無シ」という言葉を記し、「公家《こうか》、如何ニセラルルカ。初メテ遺令《いりょう》ノ旨ヲ申スベキノ気色有レドモ、今已ニ音無シ。他人モ亦、暗ニ口入スベキ者ニ非ズ」と慨嘆している。

十八日、行成は内裏から後少将（成房）と同車して退出し、その時、成房が「世間無常ノ雑事ヲ相示」したことを記し、翌十九日の早朝、成房から「世中を如何にせましと思ひつつ 起き臥す程に明け昏らすかな」という和歌と「世間無常ノ比、視ルニ触レ、聴クニ触レ、只悲感ヲ催ス」等の言葉が贈られて来て、行成は「世中をはかなき物と知りながら 如何にせましと何か歎かん」と返歌している。その後、弾正宮（為尊親王）から成房が出家しようとしているという知らせが行成の所へ届いた。行成はすぐ東院（為尊親王室、義懐姉妹）に詣で尋問している。系図にすると、

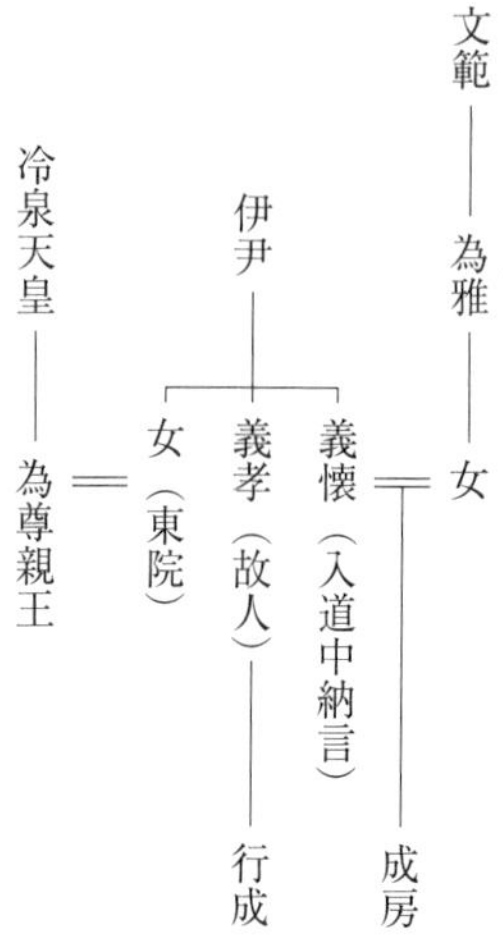

という関係で、行成は従兄弟の成房の出家の事実を叔母に確認したのである。翌廿日の丑の刻（午前二時頃）、行成は近江国飯室に向かい、成房を訪ねた。成房は、出家して飯室に籠もっていた父義懐の所で自分も出家しようとしていたのである。到着した時は巳の刻の終わり（午前十一時前）になっていた。成房の出家の志は深かったけれども、父義懐が許さず、まだ出家を遂げることができないでいた。

廿一日、行成は飯室の成房のもとに手紙を送り、権中将成信もこれに伝言を加えた。[36]同夜、行成と成信とは、平親信宅に方違えのため同宿。成信も、行成を介して親しくしていた成房の出奔には、大きな刺激を受けたに違いない。

廿二日、行成と成信とは飯室に赴き、その夜はそこで宿泊し、翌廿三日、帰路、三井寺に立ち寄り、成信の父入道三宮（致平親王）に謁見した後、帰洛している。同夜、行成と成信とは参内し、宿候。皇后定子の葬送を六波羅蜜寺で行っている。

廿八日、成信は東宮御仏名に奉仕し、同夜、行成と成信とは同宿。翌廿九日の暁、二人で参院。廿九日は、故皇后定子の二七日の諷誦が行われた。

年が改まり、長保三年（一〇〇一）正月七日、行成は、夜明けとともに京を出発して、飯室に到り、安楽律院に詣で、入道中納言（義懐）に謁見、少将（成房）を迎え、帰洛した。その日の『権記』の記事によると、成房は、父義懐から、

汝ハ我ガ志ニ任セテ京洛ニ帰リ、猶ホ王事ニ勤メヨ。若シ我ガ命終ハリテノ後、亦兄（尋円）ノ許シ有ラバ、意ニ任セテ遂グベシ。

と言われ、帰京したのである。

翌正月八日、行成は、内裏からの帰宅する折、成房宅に寄り、自宅に招き同車帰宅。十日には、故皇后定子の三七日の御諷誦が行われた。

十二日にも、行成は、成房と同車して、二人に共通の叔母である東院（為尊親王室）に参っている。十四日は、御斎会内論議があり、左近少将成房が出居として参上し、公務に復帰した。十七日、昨日奏上された大僧正（観修）の辞表を返すために勅使左近少将重家が遣わされたが、行成と成房も観修の房に同行している。その夜、行成は、成信と共に宿候しており、この間の

様々な感慨を漏らしたものと想像される。

正月廿九日には、故皇后定子の六七日の法事が法興院に於いて行われた。

八　成信と重家の出家敢行

同年（長保三年）二月三日、行成は、結政《かたなし》に参上したが、その結政が未だ了らない時、暫く居眠り、夢を見た。夢に現れた人が一封の書状を差し出すので、何かと問うと、権中将（成信）からの手紙だという。夢の中で、出家を告げる内容だと思って、目が覚めた。成信に逢って夢の内容を告げると「正夢だ」と言って笑ったという。成信は胸のうちをすべて語る人であり、この数カ月の僅かな間に出家の志を語っていた、と行成は書きつけている。

二月四日、『権記』は次のように記す。

或ルヒト云ハク、「権中将（成信）・先少将（重家）相共ニ夜行シ、今ニ未ダ帰参セズ。出家ノ疑ヒ有リ」云々。尾張守（匡衡）参リテ云ハク、「出家云々ノ事、已ニ実ナリ」テヘリ。左府（道長）ニ詣ヅ。左府今朝退出シ給ヒ、只今三井寺ニ向カヒ給フ。中将此ノ寺ニ於イテ入道スト云々。即チ御車ノ後ニ候ス。夜ニ入リ帰京ス。右府（顕光）又同ジク向カヒ給フ。少将共ニ入道ノ故ナリ。

成信と重家が一緒に前夜三井寺に行って出家した。左大臣道長と右大臣顕光が三井寺に向かったのは、成信と重家がそれぞれの猶子、長男であったからである。行成も道長の御車の後に付き従った。彼は夜に入り帰京し、出家した二人の略伝を『権記』に記している。

○従四位上行右近衛権中将兼備中守源朝臣成信、入道兵部卿致平親王第二子。母ハ入道左大臣源雅信ノ女也。当時、左丞相（道長）ノ猶子也〔彼ノ外家ノ縁ノ愛顧ニ依ル〕。才学ハ乏シト雖モ、情操ハ取ルベシ。去年、丞相（道長）月ヲ累ネテ恙《つつが》有リ。亜将（成信）朝ニ夕ニ嘗薬ニ遑《いとま》無ケレド、其ノ病痾損《へ》スコト無シ。夏過ギ秋来ルニ及ビ、近侍ノ童僕、緩怠シテ疎略タリ。亜将、人心ノ変改ヲ見ル毎ニ、情ヲ励マシテ懈《おこた》ルニ非ズ。僅カニ八月中ニ及ビ、丞相ノ病平愈ス。其ノ未ダ幾程モ經ズシテ、早ク以テ遁世ス。在俗ノ旧朋等、到訪ノ時、相語リテ云ハク、「栄華余リ有リテ、門胤止ンゴト無キノ人モ、病ヒヲ受ケ危ウキニ臨ムノ時、曾《すなは》チ一分ノ益無ク、殆ド二世ノ計ヲ失ハント欲ス。丞相嘗薬（臥疾）ノ初（日）、弟子発心ノ初メニシテ、今宿念ヲ遂グルハ、諸佛ノ冥護也」ト。時ニ年廿三。

○従四位下行左近衛少将兼美作守藤原朝臣重家、右大臣（顕光）唯一ノ子也。母ハ天暦第五内親王（盛子）也。年来本意有リト雖モ、入道スル能ハズ。去年ノ晦、成信朝臣ト要束（約束）已ニ定マリ、一夜同道三井寺ニ到リ、遂ニ以テ剃髪ス。所謂親友（善）知識ノ誘引ニ遇ヒタル者カ。時ニ年廿五。

この二人の略伝に見える出家の動機は、前年、道長の病気を看護した体験からこの世の無常を悟った成信が、出家の宿願を抱いていた重家を誘ったというものである。しかし、成信の出家の動機については、既に述べたように、必ずしも事実を正直に記したものではない。出家日が故皇后定子の七七忌日の数日前に当たっていることから、七七忌日を前にした出家という行動は如何にも露骨であり、この略伝には意図的な韜晦が加えられている可能性が高い。重家の出家理由にある「去年ノ晦、成信朝臣ト要束已ニ定マリ」の記事に注目すれば、去年の晦は、皇后定子の突然の崩御があり、無常感に突き動かされた者は成房だけではなかったことが知られるのである。

九　成信出家の反響とその後

成信・重家二人は、共に村上天皇の孫にあたり、それぞれ左大臣の猶子・右大臣の長男という家柄であって、しかも廿三歳・廿五歳という若者であった。そんな二人がそろって同時に出家したこの事件は当時の人々に大きな衝撃を与えた。

『拾遺和歌集』巻廿・哀傷の部立には、

成信重家ら出家し侍りけるころ、左大弁行成がもとにいひつかはしける　　右衛門督公任

　思ひしる人も有りける世の中を　いつをいつとてすぐすなるらん　（一三三五）

という一首が収められている。(37) 源成信と藤原重家の出家を知った藤原公任は、二人を「思ひ知る人」とし、二人の出家の衝撃を歌に詠み、藤原行成に贈ったのである。「思ひ知る」とは、僧正遍照の、

　ちりぬればのちはあくたになる花を　思ひしらずもまどふてふかな　（古今集・物名・四三五）

という和歌や、『源氏物語』空蝉の冒頭の、

　こよひなむはじめてうしとよをおもひしりぬれば、はづかしくてながらふまじうこそおもひなりぬれ。

という表現のように、物事の道理をわきまえ知る、という意であって、ここでは、この世の中の無常を悟ることである。公任は、成信や重家らの出家を知って「世のはかなさを悟り、人生の大事を見極めて仏道に向かう人もあるのに、いったいこの私は――」(38)と自身のありかたを振り返ったのである。

　この歌を公任が行成に贈ったのは、歌にこもる衝撃の大きさから見て、成信・重家出家の報を聞いた直後のことであろう。行成の『権記』には公任から歌が届いたという記述はないが、出家の二日後の二月六日、行成は右衛門督（公任）と会っており、「良久《やや》シク雑事ヲ談ズ」という記事が見えるので、この前後に贈られたものと考えられる。(39)

『新勅撰和歌集』雑三には、

右近中将成信、三井寺にまかりて出家し侍りけるに、
装束つかはすとて、袈裟にむすびつけ侍りける　一条左大臣室
けさのまも見ねばなみだもとどまらず　きみが山ぢにさそふなるべし　（一二一〇）

という歌が見えるように、一条左大臣源雅信室（成信の母方の祖母あるいは倫子の母）が出家した成信に袈裟を贈っていることが知られる。

また、清少納言も、皇后定子の突然の崩御に強く無常感を揺さぶられ、その四十九日の喪が明ける直前に出家という行動に出た成信を懐かしく追想し、『枕草子』に成信の記事を書き加え、「つねにゐて、ものいひ、人のうへなど、わるきはわるしなどの給ひし」（陽明・三〇八）毅然とした性格と同時に、

なりのぶの中将こそ、人のこゑは、いみじうようきゝしり給ひしか。おなじ所の人のこゑなどは、つねにきかぬ人は、さらにえきゝわかず、ことにおとこは、人のこゑをも手《て》をも、みわききゝわかぬ物を、いみじうみそかなるも、かしこうきゝわき給ひしこそ。
（陽明・二七一）

といった繊細さを回想している。

『権記』によれば、二月十二日、御匣殿（藤原兼家女）が尼となり、十六日、源敦定が上醍醐に

登り出家している。この間、行成は、十四日、三井寺に赴き、出家した成信・重家と会い、成信の父入道宮（致平親王）に謁見し、廿九日、長期間多忙な政務の合間に準備をすすめてきた世尊寺供養を行っている。当日、大勢の人々が集まったが、その中に右衛門督〈公任〉・四位少将〈成房〉・定澄僧都なども参列している。なかでも、出家を試みながら果たせずにいた従兄弟の成房には、成信出家後、特に気を配っていたらしく、二月十八日「成房少将ト共ニ罷リ出デ、言談、深更ニ及ブ」、廿二日「少将ト同宿ス」、廿三日「少将ト来リ宿ス」、三月一日「四位少将来リ、終夜談ズ」、二日「少将ト同車シ、右衛門督（公任）ノ御許ニ詣ヅ」、三日「少将ト同車シ、左府ニ参ル」、十日「四位少将ト共ニ世尊寺ニ赴キ…此ノ夜、寺ニ宿ス」、十四日「少将ト同宿ス」、十五日「少将ト同車シ、弾正宮（為尊親王）ニ参ル」などという記録が見え、十八日の小除目においては、行成は、兼任を打診された中将を四位少将成房に譲っている。廿二日、右近中将となった成房が祭使を務めた石清水臨時祭を見物し、行成は「世間ノ作法冷淡ナリ。弥々無常ノ観ヲ発ス」と感想を記す。祭が閑散として盛り上がらない様子にいよいよ無常観を新たにしたということであろう。廿四日、三井寺に赴き、「成信ト心事ヲ談ジ、事ニ触レ涙ヲ催ス」とし、夜に帰洛、参内し、新中将（成房）と同宿している。

行成の心遣いも空しく、成房は四月一日から飯室に籠もってしまい、十日、行成は辞意を道長に伝えている。廿日、行成は賀茂祭の見物に出かけたが、「是偏ニ見物ノ興有ルニ非ズ」と記す。

また、或る者の言葉として「禊ギノ日、見物ノ車財百両バカリ、往還ノ者幾バクモ非ズ。疫癘滋蔓ニ依リ、夭亡ノ者多シ。事ニ触レテ無常ノ観ヲ催ス」と記録している。廿七日、蔵人式部丞の源兼宣が去夜出家したと聞き、行成は三井寺に赴く。

六月十日になって、漸く成房中将が飯室より上洛したかと思うと、十五日、病気になってまた飯室に帰ってしまう。七月廿五日、行成は夜明け前に京を出て、日の出頃に三井寺に到着し、入道中将（成信）と少将（重家）に逢って、日没暗くなって帰京している。この前後の行成は無常観を深めていたと思われる。

しかし、行成は、八月に入り、一日、男子が誕生し、廿五日、除目で参議に任ぜられると、また気持ちを切り換えて、公務に励むことになる。

成房は、年が改まり、長保四年（一〇〇二）二月三日、飯室で剃髪し、素懐を遂げた。廿一歳であった。

『権記』長保四年三月五日条に「石蔵ニ赴キ、入道中将（成信）ニ相逢ヒ、雑事ヲ相語ル」、同年八月廿六日条に「石蔵ニ於イテ入道中将（成信）・少将（重家）ニ相フ」、長保五年（一〇〇三）三月十一日条に「帰路、石倉ヲ過ギリ、入道中将（成信）ニ相逢フ。清談スルコト旧ノ如シ」、寛弘二年（一〇〇五）九月廿四日条に「石蔵ニ詣デ、中将（成信）ニ逢フ」とあるので、この頃には、成信は三井寺から岩倉大雲寺に移っていたことが知られる。大雲寺は寺門派の拠点、隠遁者の住地である。

『公任集』には、

三井寺に、にふだうの中将もみぢ見にまうで給ひて、かへるさに、まつがさきの
こうきうあざりのもとにより給うたりけるに、きこえたまうける

見そめてはとくかへらめや　紅のやしほの岡の紅葉ばの色　（一四七）

の一首から始まる歌群[40]が見えるが、「やしほの岡」への紅葉見物の帰路、松ヶ崎の恒久阿闍梨のもとに立ち寄った入道中将成信に、公任が贈った歌である。「やしほの岡」とは、同じ『公任集』一四五番歌の詞書に「ながたにに、くれなゐのをかといふは、れいのくさ木にもあらず、人のなもしらぬきどものはやしにてあるが、いみじうめでたう紅葉するなりけり。やしほの岡とつけたまへりけるが…」とあるので、岩倉長谷にあった紅葉の名所であったことがわかる。とすれば、当時、入道中将成信は未だ三井寺にいて、岩倉長谷の紅葉の名所「やしほの岡」に出かけ、そこからの帰路、松ヶ崎の恒久阿闍梨の許に立ち寄ったと考えるのが、地名の位置から見て自然である。この点から、一四七番歌の詞書「三井寺に」は「もみぢ見にまうで給ひて」に掛かるのではなく、後の「かへる」と解釈すべきであるし、『権記』に見えるように、成信は長保四年三月五日には既に岩倉大雲寺に移っているので、長保三年二月四日に出家した成信がそのまま三井寺で秋を過ごしたのは、長保三年（一〇〇一）の秋に限られ、『公任集』に見える入道中将成信の紅葉

見物は、長保三年（一〇〇一）の秋の出来事であったことが知られるのである。

なお、「まつがさき」は、正暦三年（九九二）に中納言源保光によって建立された松崎寺（円明寺）のことで、同年六月八日に創建供養が行われており、その日の『権記』には「卿相以下、会集セザルモノ無シ」と記されている。行成は、保光女を室としていた。以後しばしば法会が催され、『公任集』の四〇番歌の詞書にも「松が崎の念仏ききに」などと見える。また、「ながたに」は、東三条院詮子の建立した解脱寺の所在する場所で、山門派との抗争を避けた観修をはじめとする寺門派の僧侶が移り住んだ。公任も、既に右衛門督在任中（長徳二年七月～長保三年十月）からこの地に山荘を持ち、晩年に隠棲する。

ゆきふるに、入道成のぶの中将のもとに、

ふればまづ君がすみかを思ふかな　雪は山べのしるしなりけり　（二一七）

と公任が詠んだのも、成信出家後、間もない年の冬であっただろう。しかし、公任自身がが長谷解脱寺で出家するのは、万寿三年（一〇二六）正月四日で、まだ廿五年も後のことである。

その公任出家当時、成信もまだ生きており、『後拾遺和歌集』雑三は、

よをそむきて、ながたに（長谷）に侍りけるころ、入道の中将のもとより、「まだすみなれじかし」など申したりければ　前大納言公任

たにかぜになれずといかがおもふらん　心ははやくすみにしものを　（一〇三五）

の一首を伝える。(41) 公任六十一歳、成信四十八歳であった。

翌年、道長と行成は同じ日に没し、成信のその後は定かではない。

源氏物語の仏教思想

はじめに

若紫の冒頭、源氏はわらは病の加持を受けるために北山の聖を訪ねるが、聖から、

いまは、この世の事を思ひ給へねば、げんがたのおこ《を》なひも、すてわすれて侍るを…
（若紫・一五二）

と言われる。この聖の言葉は、当時の仏教が密教から浄土教へと大きく変わりつつあったことをよく表しているとされる。(42)

密教から浄土教へ——言い換えれば、密教の衰退と浄土教の隆盛という現象は、たしかに平安中期以降の仏教思想の大きな流れではあるが、はたして源氏物語時代の仏教思想の実相がいかなるものであったのか。この点を『源氏物語』に即して検証してみたい。

一　阿弥陀仏と念仏

源氏物語時代の仏教思想がいかなるものであったかを考えるとき、念仏聖といわれる空也（九〇三〜九七二）の活動が既にあり、慶滋保胤によって『日本往生極楽記』（永観〜寛和年間成立）が書き上げられ、寛和元年（九八五）四月には源信によって『往生要集』がまとめられ、これらが流布しはじめていた時代であったことは、よく認識しておく必要がある。

浄土教の隆盛に由来する現象の一つとして『源氏物語』には、諸仏のうち、「阿弥陀」が最も多く登場する。十二例を数える。それらがどういう場面に現れるのか、確認しながら、浄土教隆盛の様相を見ておきたい。

『源氏物語』において最初に「阿弥陀」という語が現れるのは、源氏が十七歳の夏、大弐の乳母の病気見舞のために五条にある家を訪ねる場面である。大弐の乳母は源氏の来訪を喜び、「いまなむ、あみだ仏の御ひかりも心きよくまたれ侍べき」（夕顔・一〇三）と、今はもう、この世に思い残すこともなく、澄んだ心で阿弥陀仏の来迎が待たれることでございます、と源氏に告げる。この見舞をきっかけに源氏は夕顔と出会うことになる。また宇治十帖の、薫が中君から浮舟のことを聞き、それを弁の尼に確認するために宇治を訪ねた場面においても、弁の尼はその薫に「あみだ仏よりほかには、見たてまつらまほしき人もなくなりて侍」（宿木・一七六一）と言う。

「阿弥陀仏」は、言うまでもなく浄土教の中心仏で、西方極楽浄土から来迎して衆生を浄土に往生させてくれる仏である。阿弥陀（アミダ）は、梵語アミターバやアミターユスの音写と言われ、量りきれない光明をもつ者、量りきれない寿命をもつ者の意であり、無量光仏、無量寿仏とも呼ばれる。『無量寿経』は、過去世において一人の国王が世自在王仏のもとで出家して法蔵菩薩と名乗り、衆生救済のための四十八願を立て、その願が成就して阿弥陀仏となったと説く。

夕顔が急死し、その四十九日の法事が「ひえの法花堂」(43)で行われたが、そのとき源氏は「あみだ仏にゆづりきこゆるよし」（夕顔・一四三）を願文に書いた。夕顔の後世を阿弥陀仏の手に委ねるというのは、夕顔を西方極楽浄土に導いてほしいということであろう。しかし、夕顔は物の怪に襲われて急死しており、源氏は夕顔の極楽往生を確信することができない。「このほどまではたゞよふなるを、いづれのみちにさだまりておもむくらん、とおもほしやりつゝ、ねんずを《を》いとあはれにし給」（夕顔・一四四）と、四十九日まで中有《ちゆうう》に彷徨っていた夕顔の魂が、六道《ろくどう》すなわち地獄・餓鬼・畜生・修羅・人・天の、どの道に生まれ変わるのかを心配するのである。

源氏は十八歳の晩春、冒頭に記したように、わらは病の加持を受けるために北山に分け入る。そこで出会った北山僧都が「世のつねなき御ものがたり、のち世の事など」を語るのを聞き、源氏は「わがつみのほどおそろしう、あぢきなきことに心をしめて、いけるかぎりこれを思ひなやむべきなめり、まして、のちの世のいみじかるべき」（若紫・一六〇）ことを思ったとある。おそらく僧都は『往生要集』などに記されているような地獄の様相とそこに堕ちる人間の罪業について語ったのであろう。それでもなお、源氏は、昼間に垣間見た美しい少女の面影が忘れられず、少女の後見役を申し出る。そんな源氏の申し出を軽く退け、僧都は「初夜」の勤めのために「あみだ仏ものし給だう」（若紫・一六二）に上る。北山僧都が勤行する堂にも「阿弥陀仏」が安置されていたのであった。「初夜」は、「六時」の一つ。昼夜をそれぞれ三分し、晨朝《じんじょう》・日中・日没《にちもつ》、初夜・中夜・後夜《ごや》と「六時」に区分する。『阿弥陀経』に浄土では「昼夜六時に曼陀羅華を雨ふらす」とあることを受け、「六時」毎に読経などを行うのである。中国浄土教の大成者の一人善《ぜん》導《どう》（六一三～六八一）は、浄土往生を願う者が昼夜六時に仏を礼拝讃嘆するための偈文『往生礼讃偈』を作り、日本でも源信（九四二～一〇一七）が『六時讃』を著している。

中国の三国・南北朝時代に活躍した廬山の慧遠《えおん》（三三四～四一六）や曇鸞《どんらん》（四七二～五四二）に代表される浄土教は、早く飛鳥時代には日本に伝わり、天智天皇や天武天皇の追善のために阿弥陀仏の像や浄土図も作られていた。曇鸞は、世親《せしん》の『浄土論』を注釈した『浄土論註』の中で、末法無仏の時代に救われる方法は他力の信心による浄土往生以外にない、と説き、また、極楽浄土へ往生する観想の仕方と、念仏すれば悪人も含めすべての人が極楽往生できることが説かれている『観無量寿経』を重んじた。『無量寿経』『阿弥陀経』と合わせ、後に浄土三部経と言われる経典である。廿二歳の源氏が雲林院に参籠し、律師が尊い声で「念仏衆生摂取不捨」（念仏の衆生、摂取して捨てたまはず）と「うちのべて」読経するのを聞き、「うらやまし」く感じ、自分も出家したいと思う場面（賢木・三五七）があるが、「念仏衆生摂取不捨」という経文も『観無量寿経』の一節であった。「うちのべて」とは、声に抑揚をつけてゆるやかに長く引き延ばして唱える「引声《いんぜい》」という発声方法で、慈覚大師円仁《えんにん》（七九四〜八六四）が中国の五台山竹林寺の念仏三昧法を比叡山に移したものである。

源氏は、卅二歳のとき、藤壺が未だ成仏できないでいることを夢によって知り、藤壺の追善供養を営む。しかし、それとは明らかにせず、源氏は諸寺に誦経を依頼している。源氏自身も密かに「あみだぼとけを心にかけてねんじたてまつり給」（朝顔・六五八）とある。「阿弥陀仏を心にかけて」ということは、仏名を唱える称名念仏ではなく、阿弥陀仏の姿を心中に想像し、浄土へ迎えられることを念ずる、観想念仏であったということであろう。中国浄土教の中では、観想念仏を主とする白蓮社の慧遠流に対し、善導は「念声是一《ねんしょうぜいち》」（阿弥陀仏の形像を心に念ずる観想念仏と、阿弥陀仏の仏名を声に出して称える称名念仏とが同一であるということ）を主張して称名念仏を唱えたが、この善導流の念仏が本格的に受け継がれるのは、庶民の間に遍歴遊行した空也や、もう少し後の時代の法然（一一三三〜一二一二）であった。平安中期以前の貴族の間で多く行われた念仏は、源信の『往生要集』に見られるような観想念仏が中心だったのである。

『源氏物語』に現れる「念仏」の用例によってその点を確認してみよう。『源氏物語』には全部で廿二例の「念仏」が現れるが、整理すると〈表1〉の通りである。

〈表1〉源氏物語「念仏」用例一覧

	帖・頁（大成）	用語	目的	備考
1	夕顔・一三三	ねん仏	夕顔の死霊鎮送	わざとのこゑたてぬ
2	葵・三〇四	念仏	葵上の死霊鎮送	てら〴〵の念仏そう
3	葵・三〇七	念仏	葵上の極楽往生	こゑすぐれたるかぎり
4	賢木・三五六	念仏	雲林院の律師の懺悔滅罪	念仏衆生摂取不捨
5	松風・五九一	念仏	源氏の懺悔滅罪	あみだ・さかの念仏
6	松風・五九八	念仏	源氏の懺悔滅罪	さがの丶みだうの念仏
7	薄雲・六三〇	御念仏	源氏の懺悔滅罪	ふだんの御念仏
8	若菜上・一〇四六	念仏	朱雀院の懺悔滅罪	念仏をだに、と思ひ侍る
9	若菜上・一〇九四	念仏	明石入道の極楽往生	念仏もけだいするやうに
10	夕霧・一三四三	ねん仏	一条御息所の極楽往生	ねん仏のそう
11	夕霧・一三四六	念仏	一条御息所の極楽往生	念仏などのこゑばかりして

12	御法・一三九五	ねん仏	紫上の極楽往生	さだまりたるねん仏
13	匂宮・一四三三	御念仏	女三宮の懺悔滅罪	月の御念仏
14	橋姫・一五二〇	御念仏	八宮の懺悔滅罪	四きにあて〻し給御念仏
15	椎本・一五五七	念仏	八宮の極楽往生	しづかなる所にて
16	椎本・一五六二	ねむ仏	八宮の極楽往生	ねむ仏のそう
17	椎本・一五七一	御念仏	八宮の懺悔滅罪	時々の御念仏にこもり給し
18	総角・一六五六	念仏	八宮の極楽往生	なにがしの念仏
19	蜻蛉・一九四八	念仏	浮舟の極楽往生	念仏のそうども
20	蜻蛉・一九五七	念仏	浮舟の追善供養	念仏そう、七日〳〵
21	手習・二〇一七	念仏	横川僧都母尼極楽往生	念仏より外のあだわざなせそ
22	夢浮橋・二〇五七	念仏	横川僧都母尼の極楽往	生心みだれずせさせん

これらから称名念仏と確認できるのは、3の、葵上の往生を願う「こゑすぐれたるかぎりえりさぶらはせたまふ念仏」、10の、一条御息所の喪中に夕霧が小野で聞いた「念仏」、18の、八宮の極楽往生を願って阿闍梨が行った「念仏」の三例だけである。他は、阿弥陀仏と極楽浄土を心の中にイメージし、自らの極楽往生を願う観想念仏であったのだろう。

紫上の死後の場面では、夕霧は「あみだ仏〳〵」（御法・一三九四）と念仏を唱えながら数珠を一つずつ繰り、称名念仏をしているが、源氏は「この思、すこしなのめにわすれさせ給へと、あみだ仏をねんじ」（御法・一三九五）ており、観想念仏をしていたと思われる。

ところで、〈表1〉の廿二例の「念仏」の目的を見ると、「念仏」の多くは、死者の冥界での安穏を祈る追善供養であることに気がつく。1の、夕顔の死霊鎮送の「わざとの声立てぬ念仏」(44)、12の、紫上の往生を願い「やんごとなき僧ども」が行った「定まりたる念仏」も、死者に対する追善供養としての念仏である。また宇治の八宮の喪中や、浮舟の入水が匂宮や薫に伝えられた時も、16・19・20のように「念仏の僧」が活躍する。

このような死者の安穏を祈る念仏に対して、生きている人間が自らの懺悔滅罪と極楽往生を願って行う念仏もある。5の、源氏が嵯峨野の御堂で行った「月ごとの十四五日、つごもりの日」の「普賢講、阿弥陀、釈迦の念仏の三昧」、7・8の、出家した朱雀院や明石入道が勤しんだ「念仏」、12の、尼となった女三宮が営んだ「月の御念仏」、13の、八宮が宇治山の阿闍梨の住む寺で「四季にあててしたまふ御念仏」などがそれである。

なお、19では、横川僧都が母尼に「念仏より外のあだわざなせそ」と注意していたという。横川僧都は源信がモデルとされるが、その源信が著した『往生要集』(45)（大文第五・助念の方法）に「常に仏を念じて往生の心を作せ。一切の時に於て、心に恒に想ひ巧め」（無間修）とか「専ら極楽を求めて弥陀を礼念せよ。但し、諸余の業行は雑起せしめざれ」（無余修）などとあり、それが横川僧都の言動に反映していると考えられるのである。

二　白檀の持仏

源氏は五十歳の夏、女三宮のために持仏開眼供養を行う。女三宮の「持仏」は、「阿弥陀仏、脇侍《けうじ》の菩薩《ぼさち》、お《を》の〳〵白檀《だん》してつくり奉りたる、こまかにうつくしげなり」（鈴虫・一二九一）とあり、香木の「白檀」で造られた「阿弥陀三尊像[46]」であった。

「白檀」で造られた仏像は「壇像」と呼ばれ、貴重なものである。醍醐天皇第四皇子重明親王の日記『吏部王記』（史料纂集）延長八年（九三〇）八月廿日条に、

　願文ヲ作リ、遥カニ長谷寺ノ観音ニ祈ル。御病平癒ヲ願ヒ、将ニ白檀ノ観音像ヲ造ラントス。

と見え、醍醐天皇の危篤の報を聞いて人々が集まり、御病平癒を願い、「白檀」の観音像を造ることが発願されている。その願い虚しく、醍醐天皇は同年九月廿九日に崩御するが、このとき発願された「白檀」の観音像は、その後造られて仁寿殿《じじゆうでん》に安置され、やがて村上天皇の「持仏」となったらしい。『村上天皇御記[47]』には、

　応和二年六月十八日、申剋、始メテ観音像二体ヲ仁寿殿ニ安置ス。権僧正寛空ヲシテ開眼供

養セシム。去ル天徳四年、件ノ堂ノ持仏已ニ焼亡セリ。仍リテ白銀・白檀ノ観音像一（二カ）
体ヲ造リ〈各々仏殿ニ居ウ〉、旧ノ如ク安置スル也。

とあり、天徳四年（九六〇）の内裏焼亡[48]によって村上天皇の「持仏」が焼失、そのため「白檀」の観音像が新造され、応和二年（九六二）に元通りに「仁寿殿」の「仏殿」に安置されて開眼供養が行われたことがわかる。また翌年の『村上天皇御記』応和三年正月十三日条には「夜ニ入リテ仁寿殿ノ念誦堂ニ参ル」とあり、仁寿殿の「仏殿」が「念誦堂」と呼ばれており、そこに安置された仏像が「持仏」と呼ばれていたことも考え合わせると、「仁寿殿」が天皇個人の信仰の場としても機能していたことが窺える[49]のである。『権記』（史料纂集）長保二年（一〇〇〇）十二月廿一日条には、

仏師康尚、仁寿殿ノ御仏〈正観音□梵釈□□〉三体ヲ造リ奉ル。去年造リ奉ル所、御本意ノ如クニ非ザルニ依リ、又改造スル也。

と、前年に造られた仏像が一条天皇の意に沿わなかったために、仏師康尚[50]が仁寿殿に安置する観音像を含む仏像三体を改めて造ったという記事があり、仁寿殿の観音像は一条天皇にも継承されていることが知られる。このように、天皇の「念誦堂」としての仁寿殿、そこに安置された代々伝わる天皇の「持仏」（おそらくは檀像）は、宮廷女房たちによく知られていたであろう。女三宮の「念誦堂」に安置される「白檀」の「持仏」は、皇女にふさわしいものとして構想されたに違

いない。

右に見るように、「檀像」は観音菩薩が多かったが、女三宮の持仏が阿弥陀三尊像とされたのは、天台浄土教が貴族社会へ広く浸透していた時代の反映であったのであろう。実際、『権記』長保四年（一〇〇二）九月十七日条の、東三条院藤原詮子の御願寺であった岩倉長谷《ながたに》の解脱寺で行われた常行三昧堂供養の記事に、

白檀ノ弥陀・観音・勢至像ヲ新造シ、観無量寿経十六巻ヲ書写ス、願文ハ以言ノ宿祢ノ作ナリ。

とあるように、十一世紀に入ると、「白檀」の阿弥陀三尊像も造られるようになるのである。

なお、『源氏物語』における最後の「阿弥陀仏」の用例は、次のような文脈に現れる。すなわち、浮舟が小野で横川から下りて来る薫一行の松明の揺れる火を見て、昔を思い起こし、「むかしのことのかくおもひわすれぬも、いまはなに〻すべきことぞ、と心うければ、阿弥陀仏《あみだぼとけ》におもひまぎらはして、いとゞものもいはでゐたり」（夢浮橋・二〇六二）と、動揺する自分の心を振り切るために、いっそう寡黙に念仏に専心しようとする。浮舟は、苦悩の絶えないこの世から、自分を救い出して浄土という彼岸へ導いてくれるはずの「阿弥陀仏」に縋りながらも、この世に対する執着の断ち難さも自覚して、人間の罪深さを凝視しているのである。

三　毘盧遮那仏と修法

これまでに見たように、浄土教の信仰の対象である「阿弥陀」が『源氏物語』に十二例にわたって現れ、「念仏」も廿二例見られるのは、源氏物語時代の浄土教の隆盛を背景とする現象であった。これに対して、密教の信仰の主たる対象である「毘盧遮那《びるしやな》」「大日如来」の用例を『源氏物語』から拾ってみると、各一例しか現れず、極めて少ない。しかし、そのことがそのまま密教の衰退を意味するかどうか。その用例の検討から始めよう。

先ず「毘盧遮那」の例。源氏四十七歳の年末十二月廿五日に、遅延されていた朱雀院五十賀が行われる。五十賀に因み、五十の寺で御誦経が行われた。さらに、朱雀院のいる「にし山なる御寺」（若菜上・一〇二六）においても御誦経が行われたが、そのことを若菜下の末尾は「れいの五十寺の御誦《ず》経、又かのおはします御でらにも、摩訶毘盧遮那《まかびるさな》の」（若菜下・一二二一）と言いさしたまま語るのを止めてしまう。「摩訶毘盧遮那の」という言いさし表現は、長大な若菜上・下の末尾としていかにも特異である。

「摩訶毘盧遮那（マカ・ビルサナ）」は、梵語マハー・ヴァイローチャナの音写で、「万物を照らす偉大なる仏」の意である。この意によって「大日」あるいは「遍照」と漢訳される。「摩訶毘盧遮那の」すなわち「大日如来の御誦経」とは、大日の三部とされる『大日経』（正式名『大毘盧遮那成仏神変《じんぺん》加持経』）『金剛頂経』『蘇悉地《そしつじ》経』などの御誦経が行われたということであろう。それが行われた「西山なる御寺」は、「仁和寺」が想定されている。「仁和寺」は、『日本紀略』仁和四年（八八八）一月十七日条に光孝天皇が「西山御願寺」として建立を発願し、父帝の遺願を受け継いだ宇多天皇が造営した寺である。宇多天皇は、譲位後の昌泰二年（八九九）三月、念誦堂として「大日如来」を本尊とする円堂を建立し、同年十月廿四日、同寺で出家した。さらに延喜四年（九〇四）三月、寺内に自らの僧房を造営、これに移御し、崩御する承平元年（九三一）までの三十年近くの間、法皇の常時の御在所[51]とした。たしかに『源氏物語』の朱雀院の「西山なる御寺」と共通する所が多いのである。

次に「大日如来」の例。物の怪の病に苦しむ一条御息所の「修法」に当たる律師が小野で「大日如来そらごとし給はずは、などてか、かくなにがしが心をいたしてつかう《ふ》まつる御修《ず》法、しるしなきやうはあらむ。悪霊《あくりやう》はしふねきやうなれど、業障《ごふしやう》にまとはれたる、はかなきものなり」（夕霧・一三二三）と語る。「大日如来」は、密教における主尊であり、「修法」と結びつく。それは、空海を開祖とする真言宗が「大日如来」を礼拝の対象とすることからも十分予想されることではあるが、『小右記』長保元年（九九九）十二月十八日条に「今日ヨリ勝算《しようさん》僧都、宮ニ於イテ摩迦毘盧遮那法ヲ修ス」という記事もある。「念仏」が多くの場合「阿弥陀仏」を念ずるものであったのと同じように、「修法」は「大日如来」の存在を前提としていると見てよいだろう。とすれば、『源氏物語』における「大日如来」「毘盧遮那」の用例は各一例に過ぎなかったが、「修法」の用例も確認してみる必要がありそうなのである。

実際、『源氏物語』に現れる「御修法」あるいは「修法」という語を拾ってみると、実に四十一例もある。〈表2〉の通りである。

〈表2〉源氏物語「修法」用例一覧

	帖・頁（大成）	用語	目的	備考
1	夕顔・一〇四	すほう	大弐の乳母の除病	又また、はじむべき事
2	夕顔・一三五	すほう	源氏の除病	まつり、はらへ
3	紅葉賀・二四六	みすほう	藤壺の安産	所々にせさせたまふ
4	葵・二九三	みすほう	葵上の物怪調伏	ものゝけ、いきすだま
5	葵・二九四	みすほう	六条御息所の除病	
6	葵・三〇〇	みすほう	葵上の安産	又々はじめそへさせ給へ
7	賢木・三四八	みすほう	鎮護国家・玉体安穏	五だんのみすほう
8	賢木・三七四	すほう	朧月夜の除病	

9	賢木・三七六	すほう	朧月夜の物怪調伏	のべさすべかりけり
10	須磨・四一五	みすほう	源氏の安全・紫上の鎮魂	御いのり
11	真木柱・九四七	みすほう	鬚黒の北の方の物怪調伏	
12	真木柱・九四九	すほう	鬚黒の北の方の物怪調伏	御ものゝけこちたくおこりて
13	若菜上・一〇八七	御すほう	明石女御の安産	ふだんにせさせ給
14	若菜上・一〇八七	御すほう	明石女御の安産	いみじきげんざどもつどひて
15	菜下・一一七〇	みすほう	紫上の除病	
16	若菜下・一一七一	みす法	紫上の除病	あざりたち、よゐなど
17	若菜下・一一八四	みす法	紫上の延命	だんこぼち
18	若菜下・一一八六	す法	紫上の物怪調伏	ど経
19	柏木・一二二九	御すほう	柏木の除病	どきやう
20	柏木・一二三三	みす法	女三宮の安産	げんざ、ふだんに、かぢ
21	柏木・一二四二	みすほう	女三宮の物怪調伏	又のべて、たゆみなく
22	夕霧・一三一〇	すほう	一条御息所の物怪調伏	
23	夕霧・一三一一	すほう	一条御息所の物怪調伏	だんぬりて、御ものゝけ
24	夕霧・一三二三	御す法	一条御息所の物怪調伏	だらに、大日如来

	帖・頁（大成）	用語	目的	備考
25	夕霧・一三二四	す法	夕霧の栄達	
26	夕霧・一三三九	す法	一条御息所の延命	だんこぼちて
27	御法・一三八五	みすほう	紫上の除病	ふだんのど経、せんぽう
28	総角・一六四七	みす法	大君の除病	はじむべきこと
29	総角・一六五二	すほう	大君の除病	おこたりはて給まで
30	総角・一六五三	みすほう	大君の除病	ど経、はじめさせ給はむ
31	総角・一六六一	すほう	大君の延命	げむあるかぎり、かぢ
32	宿木・一七二五	す法	中君の除病	又のべてこそはよからめ
33	宿木・一七六九	みすほう	中君の安産	所々にてあまたせさせ給
34	浮舟・一八八六	みすほう	匂宮の除病	
35	浮舟・一九〇一	すほう	浮舟の異母妹の安産	ど経、ひまなくさわげば
36	蜻蛉・一九四六	すほう	匂宮の除病	ど経、まつり、はらへ
37	手習・一九九九	すほう	浮舟の物怪調伏	はじめたり
38	手習・一九九九	すほう	浮舟の物怪調伏	かぢ、人にかりうつして
39	手習・二〇二六	みすほう	女一宮の物怪調伏	御物のけになやませ給ける

40	手習・二〇二八	みすほう	女一宮の物怪調伏	はじまるべく侍らん
41	手習・二〇三三	みすほう	女一宮の物怪調伏	のべさせ給へば

第一節で見た「念仏」の用例数のほぼ倍である。修法の目的は、大弐の乳母・源氏・六条御息所・朧月夜・紫上・柏木・大君・中君・匂宮の除病延命、葵上・朧月夜・鬚黒の北の方・紫上・女三宮・浮舟・女一宮の物怪調伏、藤壺・葵上・明石女御・女三宮・浮舟の異母妹の安産祈願など、除病延命・物怪調伏・安産祈願がほとんどである。そのうちの一例、横川僧都による浮舟にとりついた物怪調伏の修法の具体相を見ておきたい。

「このすほうのほどに、しるしみえずは」といみじきことゞもをちかひ給て、よひとよ、かぢし給へるあかつきに、人にかりうつして、なにやうのもの、かくひとをまどはしたるぞと、有さまばかりいはせまほしうて、弟子のあざりとり〴〵にかぢし給。月比いさゝかもあらはれざりつる物のけ、てうぜられて、「（中略）此そうづにまけたてまつりぬ。今はまかりなん」とのゝしる。　（手習・一九九九）

これによれば、物怪調伏の修法というものが、(1)先ず「験《しるし》見えずは[52]」などと誓願を立てて行われる場合があったこと、(2)横川僧都は「修法」と言い、語り手は「加持」と言っており、「修法」と「加持」とが同じ内容を表す場合があったこと、(3)加持によって現れた「物の怪」を「人に駆り移して[53]調伏すること、(4)「調ぜられ」た物の怪は大声で名乗りをし、捨て台詞を吐いて消え去る場合があったこと、[54]などを読み取ることができる。ここで注目されるのは、(2)の「修法」が「加持」と言い換えられている点である。「修法」の用例数を問題にするのであれば、さらに「加持」の用例も加える必要がありそうだからである。

四　加持と不動尊

『源氏物語』における「加持」の用例を拾ってみると、結果は〈表3〉の通り、二十五例であった。

〈表3〉源氏物語「加持」用例一覧

	帖・頁(大成)	用語	目的	備考
1	若紫・一五一	かぢ	源氏の除病	わらはやみ
2	若紫・一五二	かぢ	源氏の除病	さるべきもの、すかせ
3	若紫・一五五	かぢ	源氏の除病	御もののけ
4	葵・二九八	かぢ	葵上の物怪調伏	こゑしづめて法花経をよみたる

5	真木柱・九四七	かぢ	鬚黒の北の方の物怪調伏	うたれ、ひかれ、なきまどひ
6	若菜上・一〇八九	御かぢ	明石女御の安産	日中の御かぢ
7	若菜上・一〇九〇	御かぢ	明石女御の安産	
8	若菜下・一一六九	御かぢ	紫上の除病	御いのりどもかずしらず
9	若菜下・一一八四	かぢ	紫上の延命	不動尊の御本のちかひ
10	柏木・一二二九	かぢ	柏木の除病	かづらき山、だらに
11	柏木・一二三三	かぢ	女三宮の安産	げんあるかぎり、みな
12	柏木・一二三八	かぢ	女三宮の除病	よゐのかぢのそう
13	柏木・一二四二	御かぢ	女三宮の除病	ごやの御かぢ、御もの、け
14	柏木・一二四八	かぢ	柏木の延命	
15	夕霧・一三一四	かぢ	一条御息所の物怪調伏	だらに
16	夕霧・一三二三	御かぢ	一条御息所の物怪調伏	日中の御かぢ、だらに、大日如来
17	夕霧・一三三九	かぢ	一条御息所の延命	だんこぼちて
18	御法・一三九〇	御かぢ	紫上の延命	大とこたち、ど経のそう
19	総角・一六六一	かぢ	大君の延命	げむあるかぎりして
20	手習・一九八九	かぢ	横川僧都母尼の除病	げむあるして
21	手習・一九九五	かぢ	浮舟の除病	げんざのあざり

	帖・頁（大成）	用語	目的	備考
22	手習・一九九六	かぢ	母尼の除病・浮舟の延命	いのり
23	手習・二〇〇〇	かぢ	浮舟の物怪調伏	人にかりうつして
24	手習・二〇〇〇	かぢ	浮舟の物怪調伏	物のけ、てうぜられて
25	夢浮橋・二〇五七	かぢ	浮舟の延命	げんある物どもよびよせつ、

「加持」の目的は、除病延命・物怪調伏・安産祈願に限られ、「修法」以上に目的は明確である。19の大君の臨終の場面を見ると、大君の延命を願い「修法の阿闍梨ども召し入れさせ、様々に験ある限りして、加持参らせさせ給ふ」とある。ここでも、「修法」と「加持」という二種の語が用いられているが、「修法の阿闍梨」で「験《げん》ある」者が「加持」に奉仕するという関係になっていることに気がつく。「加持」の場合、一般的な「修法」よりも、さらに不可思議な霊験を求めて、現実世界に仏の超自然的な力を加える行為であるので、その行為者には殊更「験ある」ことが求められたのであろう。11の女三宮の安産、20の横川僧都母尼の除病、25の浮舟の延命を願う「加持」の場面においても、「験ある限り皆」「験あるして」「験ある者ども」などと繰り返し強調されているのである。紫上が六条御息所の死霊にとりつかれて仮死状態となり、延命を願う「加持」によって蘇生する、9の場面を少し具体的に見ておきたい。

みす法どもの壇《だん》こぼち、僧《そう》なども、さるべきかぎりこそまかでね、ほろ〳〵とさわ《は》ぐをみたまふに、（中略）「さりとも、物のけのするにこそあらめ。いとかくひたぶるに、なさわ《は》ぎそ」と、しづめたまひて、いよ〳〵いみじき願どもをたてそへさせ給。すぐれたる験者《げんざ》どものかぎり、めしあつめて「かぎりある御いのちにて、この世つきたまひぬとも、たゞいま、しばしのどめたまへ。不動尊の御本のちかひあり。その日かずをだに、かけとゞめたてまつりたまへ」と、かしらより、まことにくろけぶりをたてゝ、いみじき心をおこして、加持《かぢ》したてまつる。院も、たゞいま、ひとたび、めを見あはせ給へ、（中略）いみじき御心の内を、仏もみたてまつり給にや、月ごろ、さらにあらはれいでぬものゝけ、ちいさきわらはにうつりて、よばひのゝしるほどに、やう〳〵いきいで給に、うれしくもゆゝしくもおぼしさわ《は》がる。いみじく調《てう》ぜられて、「（中略）」とて、かみをふりかけてなくけはひ、たゞ、かのむかし見給しものゝけのさまとみえたり。

（若菜下・一一八四）(55)

注意すべき点を箇条書にすると、(1)「修法」に奉仕していた僧たちの多くは諦めて、壇を毀ち、退出しようとしていること、(2)源氏が強い意志で「願」を立てて、「優れたる験者どもの限り」を召し集めていること、(3)その験者が「不動尊の御本の誓ひ」(56)を口にし、「不動尊」と一体化するような強い心で加持を行っていること、(4)物の怪が「小さき童」に移り、大声で泣き騒ぎ、紫上が蘇生したこと、などである。なかでも、最も注目されるのは、「不動尊」の名を挙げていることである。

「不動尊」は、「不動明王」とも呼ばれ、「明王」という尊格分類からも明らかなように密教特有の尊者である。『大日経』では大日如来の使者として登場し、大日如来が教化し難い衆生を救うために、恐ろしい忿怒の姿をとらせ（これを「教令輪身《きょうりょうりんじん》」という）、諸悪を退治する存在である。髪は燃え上がるが如く逆立ち、三眼や五眼で口に牙を出し、手足を振り上げ威嚇する姿勢をとり、手には宝剣と羂索を持つ。右の引用箇所に「黒煙を立てゝ」とあったのは「不動明王」の忿怒の炎である。

『源氏物語』にはもう一例「不動」が現れる。うたた寝をしている雲居雁に対して父親の内大臣が声を掛ける場面である。だらしない態度を「品なき事」と注意した後、「さりとて、いとさかしく身かためて、不動《ふどう》の陀羅尼《だらに》よみて、印《いむ》つくりてゐたらむも、にくし。うつゝの人にもあまりけどほ《を》く、ものへだてがましきなど、けだかきやうとても、人にくゝ心うつくしくはあらぬざなり」（常夏・八四二）と言う。「不動の陀羅尼よみて、印つくりてゐたらむ」というのは、「加持」を行うときの動作である。口に「陀羅尼」を唱え、手に印相を結び、心に本尊を観ずることによって、本尊と行者とが一体化し、祈願の成就を得ようとする。梵語には本尊の存在を喚起する力があり、梵語を訳さず、そのまま唱えることによって不可思議な霊験が得られ、罪障消滅・除病延命・物怪調伏などに功徳があるとされる。梵語の呪文のうち、長いものを「陀羅尼」、短いものを「真言」という。『源氏物語』に現れる「陀羅尼」と「真言」の用例は、それぞれ六例と二例見られ、源氏・柏木・大君の除病、一条御息所・浮舟の物怪調伏を願い、「陀羅尼」や「真言」が唱えられている。源氏の除病を祈願し、北山の聖が「陀羅尼」を唱える場面を引用する。

ひじり、うごきもえせねど、とかうして護身《ごしむ》まゐ《い》らせ給ふ。かれたるこゑの、いといたうすきひがめるも、あはれに功《く》づきて、陀羅尼《だらに》よみたり。（若紫・一六六）

ここでは、「護身」という語がほとんど「加持」と同じ意味で用いられていることが確認できる。『源氏物語』には「護身」の用例も、〈表4〉の通り、三例現れ、それらはすべて「加持」にほぼ等しい。

以上、「修法」「加持」「護身」を合わせると、六十九例となり、「念仏」の廿二例をはるかに上回る。源氏物語の時代には、天台浄土教が貴族の間に浸透しはじめていたとは言え、平安貴族たちの現世利益を求める欲求を満たすため、密教への期待も未だ根強く存在していたのである。

〈表4〉源氏物語「護身」用例一覧

	帖・頁（大成）	用語	目的	備考
1	若紫・一六六	ごしむ	源氏の除病	ひじり、だらに
2	夕霧・一三一五	ごしん	一条御息所の物怪調伏	
3	夢浮橋・二〇五八	ごしむ	浮舟の物怪調伏	

五　その他の仏たち

源氏物語時代の仏教思想は、密教から浄土教へというような単純なものではない。密教と浄土教が共存し、様々な信仰も複雑に絡み合いながら存在していたものと考えられる。(58)

本節では、「阿弥陀仏」「毘盧遮那仏」以外の「仏」たちが『源氏物語』にどのように現れ、そこから何が見えるか、という点をもう少し考察し、当時の仏教の諸相に一面を概観しておこう。当時は「菩薩」も含めて「仏」と呼ばれており、「菩薩」たちも含め、見ておきたい。

(1)　弥勒菩薩

五条大路の乳母の家の隣に住む女夕顔の所へ通うようになった十七歳の源氏が、秋八月十五日夜の明け方に、「南無当来導師」[59]と拝む優婆塞の「御嶽精進」の声を聞く場面がある。「御嶽精進」は、吉野の金峰山《きんぷせん》に参詣する御嶽詣に先立つ精進潔斎である。正式には千日というが、三十七日、五十日あるいは百日間の修行が行われた。『枕草子』にも「あはれなるもの」という章段に「よきおとこのわかきが、御嶽精進《みたけさうじ》したる。たてへだてゐて、うちおこなひたるあかつき《月》のぬか、いみじうあはれなり。むつましき人などの、めさましてきくらん思ひやる」(陽明本・九四)と見え、『源氏物語』の「御嶽精進《みたけさうじ》にやあらん、たゞおきなびたるこゑに、ぬかづくぞきこゆる。たちゐのけはひ、たへがたげにおこなふ、いとあはれに」(夕顔・一一八)という描写を合わせると、ほぼ御嶽精進の行法が知られよう。すなわち、まだ皆が寝ているような明け方に起きて、他の部屋とは隔てられた精進屋に閉じ籠もり、御嶽の方角に額を地に付けて礼拝し、「南無当来導師」と大きな声で唱えることを繰り返すのである。

「当来導師」とは、弥勒菩薩である。弥勒菩薩は、釈迦入滅後、五十六億七千万年を経って、弥勒菩薩の住む浄土である兜率天《とそつてん》から娑婆世界に下生《げしょう》して、竜華樹の下で三度説法(竜華三会《りゅうげさんえ》)し、釈迦の説法から漏れた衆生を救済する。次に仏となることが既に決まっているとされ、当来仏、未来仏と言われる。衆生を導く仏として弥勒菩薩は「当来導師」と呼ばれるのである。「南無」は帰依する気持ちの表明である。

吉野の金峰山は、弥勒下生の地と信じられ、藤原道長は寛弘四年（一〇〇七）八月金峰山に参詣し、自ら書写した経巻（金泥法華経全十巻、弥勒経三巻、阿弥陀経・般若心経各一巻）を山上に埋めた。埋められた経筒の銘文(60)によると、弥勒菩薩がこの地に下生する時、道長は極楽より金峰山に参詣し、弥勒仏の説法を聴聞しよう、その時にこの経巻が地下から涌出し、会衆が随喜するだろう、というのである。『御堂関白記』によると、道長は、寛弘四年五月十七日から精進所に移って「御嶽精進」を始め、八月二日に京都を出発、途中、石清水八幡宮や大和の寺々に宿泊し、十一日に山上に到着している。『小右記』永祚元年（九八九）二月条にも「今夜、南庭ニ於イテ南山ヲ祈リ申ス。是レ身上ノ事也」（十一日）「深更、又南庭ニ出デ、金峯山ヲ祈リ申スコト、昨日ノ如シ」（十二日）「尚侍ノ申スニ依リテ、深更、金峯山ヲ祈リ申ス」（十三日）と、実資が金峰山に向かって祈ることが見え、また『権記』長保三年四月二十四日条にも「早朝、惟弘来リテ云フ、去ル夜（夢に脱カ）予、金峯山ニ詣デ、金帯・金釵ヲ得タリ。吉想也」と見えるなど、金峰山への信仰が広がっていたことが知られる。『枕草子』には、前に挙げた「あはれなるもの」の章段に、後に紫式部の夫となる藤原宣孝が正暦元年（九九〇）派手な格好で御嶽詣に出掛けた話が付加されているが、宣孝の格好を「かへる人も、今まうづるも、めづらしうあやし」（陽明本・九五）く思ったと記されており、十世紀末には吉野の金峰山まで参詣する人が相当数あったことが知られるのである。

(2) 観音菩薩

急死した夕顔を東山で葬送し、その帰路、惟光は「いと心あわたゝしければ、川《かわ》のみづに手《て》をあらひて、きよみづの観《くわんをん》音を念《ねむ》じ」(夕顔・一三五)ている。

「きよみづ」は、東山の一峰、音羽山の中腹にある清水寺で、本尊の十一面観音に対する信仰が平安中期以降高まっていた。『小右記』によると、藤原実資は、二十代後半から三十代前半まで、毎月十八日に清水寺に参詣している。天元五年(九八二)前半の各月の十八日の記事を見ると、「穢ニ依リテ清水寺ニ参ラズ」(正月)「世間不浄、仍リテ清水寺ニ参ラズ」(二月)「未時許ニ沐浴シ、清水寺ニ参ル〈騎馬〉。参ラザル月々ノ御燈明〈五个月〉ヲ奉リ、晩ニ臨ミ、帰ル」(三月)「穢有ルノ中、祭日已ニ迩シ。仍リテ清水ニ参ラズ」(四月)「午時許ニ清水寺ニ参ル。呪スルコト偏へニ例ノ如シ。未時許ニ帰宅ス」(五月)「清水寺ニ参ル」(六月)というように、穢などの不浄がない限り、沐浴して参詣し、御燈明を奉って呪(陀羅尼)を唱えることを例としていたことが判るのである。毎月十八日は観音菩薩の縁日で、十八日の清水寺は、『枕草子』が「十八日に清水にこもりあひたる」(陽明本・二六一)ことを「さわがしき物」として挙げるほど、参詣者で賑わったらしい。

『源氏物語』の「十七日の月さしいでゝ」行われた夕顔の通夜の場面において「きよみづのかたぞ、ひかりおほくみえ、人のけはひも、しげかりける」（夕顔・一三三）とあったのも、十八日前夜に観音縁日の準備をする人たちが灯す明かりや、前夜から参籠している人たちの御燈明であったのであろう。また翌十八日の朝、葬送を終えて東山からの帰路についた源氏の足どりのおぼつかない姿を見て、惟光が前に見たように清水の観音に無事を念じたが、それも、当日が観音の縁日に当たっていることを、作者は記しはしないが、意識していたのではないかと思われるのである。

観音菩薩は、「観世音菩薩」の他、「救世菩薩」「救世浄聖」「施無畏者」「蓮華手」「普門」「大悲聖者」などの異名を持ち、慈悲と救済を特色として、『法華経』の「観世音菩薩普門品第廿五」の冒頭部に「もし無量百千万億の衆生ありて、諸々の苦悩を受けんに、この観世音菩薩を聞きて一心に名を称せば、観世音菩薩、即ちの時に、その音声を観じて、皆、解脱を得しめてん」（妙一記念館本仮名書き法華経）(61)などとあるように、観世音菩薩の名を唱えることによって、危機を脱することができるという現世利益を与えてくれる菩薩である。

観音信仰の霊場として、長谷寺も『源氏物語』の舞台となる。玉鬘の乳母の長男、豊後介の言葉「仏の御中には、はつせなむ、ひのもとのうちには、あらたなるしるしあらはし給と、もろこしにだにきこえあむなり」（玉鬘・七三一）によって、夕顔の遺児玉鬘一行は初瀬詣を思い立つ。

「初瀬」とは、大和国の初瀬山の山腹にあった長谷寺の別称。その本尊十一面観音の霊験は、外国にも知られるほどであったというのである。このときの初瀬詣において、玉鬘一行は、折しも初瀬詣にやってきた、かつての夕顔の女房で、今は紫上に仕えている右近と、劇的な邂逅を果たすのである。

このように、夕顔とその娘の玉鬘は、観音信仰と関係の深い女性として設定されていると言えるが、もっと明確に観音信仰と関わりを持つ女性が登場する。浮舟である。横川僧都の母尼と妹尼が初瀬詣の帰途、宇治院で浮舟を発見するが、以前亡くした娘の身代わりを得たいという願を立て、長谷寺での霊夢を得ていた妹尼は、浮舟を「はつせの観音《くわんをむ》の給へる人なり」（手習・一九九九）と横川僧都に語る。そして半年後、「観音《くわんをん》の御しるしうれし」（手習・二〇一九）とお礼参りに初瀬に詣でる。

亡くした娘の身代わりを得たいという願を立て、初瀬詣して長谷寺の観音に縋るというのは、天台仏教が根本依経とした『法華経』の「観世音菩薩普門品第廿五」に「もし女人ありて、（中略）たとひ女（おんなご）をもとめんとおもはば、すなはち端正有相の女の、むかし徳の本をうへて衆人に愛敬せらるるを生（うみ）てん」（妙一記念館本仮名書き法華経）などとあることを根拠とした信仰である。そして実際、『小右記』によると、正暦元年（九九〇）七月十一日に六歳の愛娘を亡くし「悲歎泣血」「不耐悲慟」した実資が、八月廿一日、延暦寺僧「叡増」を長谷寺に派遣する旨を「女子ヲ乞フルノ祈願ヲ申サシムルナリ。亡兒ノ遺愛ニ依リテ殊ニ祈請スル所ナリ」と記し、廿四日から七日間、御燈明を奉献して長谷寺の観音を供養させ、九月八日には、実資自身も長谷寺に参詣している。その夜「丑ノ時バカリ房ニ帰リテノ後、子ヲ給フベキノ夢想有リ」と、実資は霊夢まで得ているのである。

『源氏物語』では浮舟自身も度々初瀬詣に出かけており、薫が初めて浮舟の容姿を垣間見たのも、浮舟が初瀬詣からの帰路立ち寄った宇治の山荘においてであった。初対面の匂宮から突然言い寄られて泣き伏す浮舟に対して、乳母が掛けた言葉も「はつせの観音おはしませば、あはれと思きこえ給らん。ならはぬ御身に、たび〳〵しきりてまで給事は、人のかくあなづりざまにのみおもひきこえたるを、かくもありけり、と思ふばかりの御さいはひおはしませ、とこそ念《ねん》じ侍れ」（東屋・一八二九）というものであった。匂宮が密かに宇治に出かけ、薫を装って浮舟と強引に逢った後、右近は、狼狽して「はつせの観音、今日ことなくてくらし給へ」（浮舟・一八七六）と祈願し、その後、薫と匂宮の間で苦悩する浮舟に対して「とてもかくても、ことなくすぐさせ給へ、とはつせ、いし山などに願をなんたて、侍」（浮舟・一九一三）と言っている。入水の後、横川僧都一家に助けられるのは、横川僧都や妹尼側からの祈願の結果だけではなく、浮舟側から言っても長谷寺の観音による救済だったのである。

右に見える「石山寺」も、平安時代に栄えた観音霊場であった。近江国瀬田川の西岸に位置し、本尊は如意輪観音である。前に挙げた『小右記』正暦元年（九九〇）九月五日条には「今日ヨリ三日ニ限リ、済救師ヲ以テ、石山寺ノ如意輪ヲ供セシメ奉ル。皆女児ノ祈願ヲ申スナリ」と、やはり娘をなくした実資の祈願の記事が見える。藤原道長の姉、東三条院詮子も、正暦三年（九九二）二月二十九日（百錬抄）、長徳元年（九九五）二月二十八日（小右記）、同三年八月八日（日本紀略）、長保二年（一〇〇〇）九月八日（権記）などと石山詣に出かけている。

石山寺は、『源氏物語』では、浮舟の母や右近など浮舟方の人々からの信仰が篤い寺であったが、その他、源氏が「いし石山に御願《ぐわむ》はたしにまうで」（関屋・五四七）、任果てて上洛する常陸介一行中の空蝉と逢坂の関で出逢う場面がよく知られている。また、鬚黒大将が玉鬘との結婚を「いし山のほとけ」（真木柱・九三五）に祈願し、薫が母女三宮の病気平癒を「いし山にこもり給て」（蜻蛉・一九四〇）祈願している。

このように平安貴族の観音菩薩への信仰は、除病・延命・官位昇進などの現世利益的な希求に基づいていたのであった。

また、『蜻蛉日記』によると、藤原道綱母は安和元年（九六八）九月、天禄二年（九七一）七月の二回長谷寺に、天禄元年（九七〇）七月石山寺に、天禄三年（九七二）三月清水寺に出かけているることが知られるが、主な観音霊場であった清水寺・長谷寺・石山寺への参詣・参籠が特に女性の間で盛んであった。

(3) 薬師仏

源氏の四十賀に当たり、紫上は「さがの丶、御堂《みだう》にて、薬師ぼとけ供養《くやう》」（若菜上・一〇七九）を行った。その場面で語り手は「まことのごくらく思やらる」と語る。

「薬師仏」は、東方の浄瑠璃世界の主尊で、身心の病を癒す働きを持つ仏とされる。薬師が未だ菩薩だった時に衆生救済の十二の大願を立て、その中に除病延命の願があり、この除病延命への期待が薬師信仰の中核となったのである。薬師信仰も、観音信仰と並び、現世利益的性格の強いものと言える。『河海抄』は、参賀に薬師如来像を供養した例として、延長五年（九二七）の藤原清貫の六十賀、延長七年（九二九）天暦三年（九四九）の藤原忠平の五十賀、七十賀を挙げる。

いま注目されるのは、語り手が「まことの極楽思ひやらる」と語っている点である。本来、「極楽」とは「阿弥陀仏」の西方極楽浄土であり、「薬師仏」の東方浄瑠璃浄土とは異なるはずである。薬師仏供養でありながら、何故「極楽」という語が使用されているのか。『源氏物語』が成立した時代には、「浄土」と言えば「極楽」であるという図式が既に一般貴族たちの間に出来上がっていたということなのであろうか。それほどに天台浄土教が広く流布し平安貴族の間に深く浸透していたということなのであろうか。藤壺が桐壺院の一周忌に続き営んだ法華八講の場面においても、「まことのごくらく思やらる」（賢木・三六五）「ごくらく思ひやらる丶世のさまなり」（賢木・三六七）と、繰り返し「極楽」が想像されると語り手によって語られる。それは、この世に極楽世界を現出して「極楽」のイメージを心に強く焼き付けることによって浄土に往生することを願うという観想念仏が、当時流行していたことを反映するのであろう。

物語の結末近く、薫は浮舟が実は死んでいなかったことを聞き、横川僧都に会って、それを確かめたいと思う場面がある。比叡山延暦寺の根本中堂には、最澄手彫りとされる「薬師仏」が本尊として安置されており、「薬師仏」の縁日である「月毎の八日」に「かならず、たうときわざせさせ給へば、やくし仏によせたてまつるに(62)（寄進申し上げるために）」（手習・二〇五〇）、薫は時々延暦寺の根本中堂に参詣しており、その機会に、僧都のいる横川まで足を伸ばそうと考えたのである。

宇治山の阿闍梨によって「ごくらく思ひやられ侍や」（橋姫・一五一五）と紹介された、宇治川の川音と姫君の琴が響く宇治の世界で、道心を抱きながら、同時に、宇治の姫君への恋心も抑え切れない薫は、しばしば道心を恋心の成就の手段とする。まして道心と恋心に葛藤する姿はまったく見られないのである。そのような薫という人物が造型されたのは、何故か。作者の、男女の仲も含めた「この世」に対する深い絶望に由来するのか、あるいは虚無的な皮肉によるものか。いま、作者の意図についての推論は保留するが、そうした薫像を造型する作者の精神が形成されたのは、当時の仏教思想のありように深く起因するのではあるまいか。今日のわれわれの目から見ると、煮え切らない分かりにくさを持つ薫像が形成された背景には、現世を否定して浄土への往生を願う浄土教的性格と、現世利益を祈願する密教的性格とが矛盾することなく混在していた、当時の仏教思想の複雑さがあるのではないかと考える。現世を否定して浄土を希求する思想は薫の道心を刺激し、現世利益を求める思考は薫の恋心と結びつく。そして、その二つが矛盾としては何ら自覚されない。そのような構造的な特質が潜在しているように思われるのである。

むすび

仏教には、帰依すべき三宝(63)というものがある。本稿は、いわば、仏・法・僧という三宝のうちの一つ「仏」に注目し、『源氏物語』に見られる「仏」を起点にして、そこからどのような当時の仏教思想が垣間見られるか、「仏」越しに見えた風景の素描を試みたに過ぎない。

源氏物語時代の仏教思想を考える場合には、看過できない『法華経』が説く「法」、「無常」「宿世」という仏教的世界観の基本にある「法」、『源氏物語』の世界で活躍する「僧」たちなど、まだまだ触れるべき課題は多い。しかし、それらについては既に優れた業績が蓄積されており、ここでは省略に従う。なお、三角洋一編『源氏物語の鑑賞と基礎知識』No.39「早蕨」(至文堂・二〇〇五年)が「源氏物語の仏教」という特集を組み、多くの論文を収録する。巻末の「関係著書・論文解説、目録」(松岡智之)が参考になる。

源氏物語時代の仏教思想の解明するためには、やはり『源氏物語』に現れている個々の現象に注目して、その現象の背後に広がる紫式部の生きた十世紀後半から十一世紀初頭までの複雑な仏教思想の様相を、記録や史料によって史実を確認しながら、一つ一つ解き明かす努力を積み重ねることが、源氏物語時代の仏教思想に近づく最も確実な方法であろうと思われる。『源氏物語』の本文を丁寧に読むことと、これまで蓄積されてきた優れた仏教史研究に学ぶこと。この二つの作業を、相互に繰り返しながら継続していくことによって、当時の仏教思想のありようの解明がいっそう進み、『源氏物語』の読みがさらに深まることを期待したい。

すくせ考

はじめに

故小西甚一氏は、名著『日本文学史』(64)のなかで『源氏物語』の作者が表現しようとしているのは「宿世と道心」にほかならぬとし、次のように記している。

光源氏が藤壺と道ならぬ契りを結ぶのも、須磨にわびしい年月を送るのも、柏木が女三の宮に惹きつけられていったのも、浮舟が死を決しなくてはならぬような恋に捉えられたのも、みな、生まれない前からの因縁によって決められた「なりゆき」にほかならぬと意識されている。宿世は、どうすることもできない。しかも、宿世は、輝かしい幸福よりも、悲惨な不幸をもたらしがちである。だから、人の世は、憂き世とよばれる。人は、このような憂き世に再び生まれたくないと思っても、宿世は、それを許さない。この世でなした「わざ」は、また、次の世に対する因縁となって、どこまでも生まれかわり死にかわり、絶えるときが無いのである。（中略）そうした宿世をのがれ、はてしない因縁の糸を絶ち切って、永遠なる安らかさに生きようとする精神が、すなわち道心である。『源氏物語』のなかの主要人物たちは、境遇こそいろいろだけれど、いずれも道心への方向をもたぬ人は無いといってよろしい。

たしかに『源氏物語』には、それまでの文学作品に散見されるに過ぎなかった「宿世」という語が、突然堰を切ったように一二〇回も使用されていて、この物語を読み解くキーワードの一つとなっていることは疑いがないだろう。そのため、これまでも多くの人々が『源氏物語』の「宿世」について言及してきた。しかし、未だ解明されていない点も多い。『源氏物語』の作者が「宿世」という思想を何処から手に入れたのかということも、未だ十分には解明されていないのである。

本稿では、『源氏物語』における「宿世」の淵源について検討してみたい。

一　源氏物語「すくせ」の仏教語「宿世」との異相

『源氏物語』には、思いがけず若くして伊予介の後添いになった空蝉の運命を、伊予介の先妻の子、紀伊守が、ふいに、かくてものし侍なり。世中といふもの、さのみこそ、いまもむかしも、さだまりたる事侍らね。中につい《ゐ》ても、女のすくせは、いとうかびたるなん、あはれに侍る。

（帚木・六七）

と源氏に語る場面がある。

周知の如く、「すくせ」とは、「宿世」の直音表記で、「前世」を意味する梵語「プールヴァ」の漢訳語とされる仏教語である。例えば『法華経』[65]には、「宿世」という語が次の六例見られる。

①　随諸衆生　宿世善根…　　諸の衆生の　宿世の善根に随ひ…

（巻二・信解品第四）

②　我及汝等　宿世因縁　　我及び汝等の　宿世の因縁、
吾今当説　汝等善聴　　吾今当に説くべし。汝等、善く聴け。

（巻三・授記品第六）

③　仏知童子心　宿世之所行…　　仏は童子の心の　宿世の所行を知り…
説是法華経　如恒河沙偈　　是の法華経の　恒河沙の如き偈を説きたまへり。

（巻三・化城喩品第七）

④　復聞宿世　因縁之事…　　復た宿世の　因縁の事を聞き…
心浄踊躍　　心は浄く踊躍せり。

（巻四・五百弟子受記品第八）

⑤　若我於宿世　　若し我、宿世に於いて
不受持読誦此経為他人説者　　此の経を受持して読誦し、他人の為に説かずんば、

不能疾得阿耨多羅三藐三菩提　　疾く阿耨多羅三藐三菩提を得ること能はず。

（巻七・常不軽菩薩品第二十）

⑥ 此二子者　是我善知識　　此の二子は、是れ我が善知識なり。
為欲発起　宿世善根　饒益我故　　宿世の善根を発起し、我を饒益せんと欲するを為《もっ》ての故に
来生我家　　来りて我が家に生まれたり。

（巻八・妙荘厳王本事品第二十七）

これらの『法華経』の「宿世」は、「宿世の善根」「宿世の因縁」「宿世の所行」「宿世に受持読誦して」などとある通り、すべて「前世」（先世・過去世）と同義である。

また、紀長谷雄の「法華会記」(66)（紀家集巻十四断簡）に、

況亦既依宿世善知識（　）知識　　況んや亦、既に宿世の善知識に依り、（　）知識
願以是生之因縁結他生之因縁…　　願くは是の生の因縁を以て、他生の因縁を結び…
于時寛平三年（　）　　時に寛平三年（　）
新発意仏弟子慧炬記之　　新発意仏弟子、慧炬之を記す。

と見える「宿世」も、「宿世の善知識」とある通り、「前世」の意である。

それに対して、『源氏物語』の「すくせ」は、「前世」から「前世の因縁」（宿縁）、さらに「前世の因縁によって導かれる現世の運命」（宿命）へと意味領域が拡大している。

空蟬は、たまたま方違えに訪れた源氏に、寝ている所を忍び入られ、抵抗もできないで一夜を過ごす。その五、六日後、源氏から届いた歌を見て、

心えぬすくせうちそへりける身　（帚木・七四）

を思う。以後も源氏から手紙が届くが、空蟬は一切返事をしない。数日経って、再び方忌みに源氏が紀伊守邸を訪れた時も、侍女の局に身を隠して源氏と会おうとしない。しかし、空蟬は心の中で、「いとかく、しなさだまりぬる身のおぼえならで、すぎにしおやの御けはひ、とまれるふるさとながら、たまさかにも、まちつけたてまつらば、を《お》かしうもやあらまし」（帚木・七七）と思い乱れるのである。死んでしまった父衛門督が未だ生きていた昔に帰り、父が帝に「宮づかへにいだしたてむともらし奏《そう》せし」（帚木・六六）時点のような家柄のまま、源氏の来訪を待つ身の上であったら、と思いながら、

いまは、いふかひなきすくせなりければ、無心《むしん》に心づきなくてやみなむ。　（帚木・七七）

と決意する。「いふかひなきすくせ」の自覚が空蟬に源氏拒否の決意をさせるのである。

これらの「すくせ」は、「前世の因縁によって導かれた現世の宿命」の意である。

空蟬の夫伊予介は、常陸介となった後、老衰で死去するが、空蟬は、

心うきすくせありて、この人にさへ後《をく》れて、いかなるさまに、はふれまどふべきにかあらん。（関屋・五五〇）

と嘆く。夫死後、夫の先妻の子かつての紀伊守、今の河内守に、自分に言い寄ろうとする「あさましき心」を見、

うきすくせある身にて、かくいきとまりて、はて〳〵は、めづらしきことどもをきゝ、そふるかな。（関屋・五五一）

と尼になってしまう。この二例の「すくせ」は、「前世の因縁」の意であろう。

このように、仏教語として本来「前世」を意味した「宿世」が、『源氏物語』では「前世の因縁」や「前世の因縁によって導かれた現世の宿命」を表すようになる。

何故そのようなことになったのであろうか。

『法華経』の「宿世」と『源氏物語』の「すくせ」を比べてみると、もう一点気づくことがある。

『法華経』の用例を見ると、「宿世の善根」二例は言うまでもなく、他の用例も、文脈から考えると、「宿世の因縁」は二例とも「宿世の（善き）因縁」、「宿世の所行」も「宿世の（善き）所行」ということであり、また経典の「受持・読誦・説経」も当然、仏教的「善根」ということになる。つまり『法華経』の「宿世」は、すべて現世に良い結果をもたらす「善根」のあった前世として用いられている。

それは、寛平三年（八九一）に紀長谷雄によって記された「法華会記」に見える「宿世」も同

じで、仏教の正しい道理を教え、利益を与えて導いてくれる善き友である「善知識」を得た前世、と捉えられている。『法華経』の、

若善男子　善女人　　若し善男子・善女人、
種善根故　世世得善知識　　善根をうゑたるが故に、世世に善知識を得ば、
其善知識　能作仏事　示教利喜　　其の善知識は、能く仏事を作《な》し、示教利喜して、
令入阿耨多羅三藐三菩提　　阿耨多羅三藐三菩提に入らしめん。
大王当知　善知識者　是大因縁　　大王、当に知るべし。善知識は、是れ大因縁なり。

（巻八・妙荘厳王本事品第二十七）

と見える、「善根」によって「善知識」を手に入れ、それが悟りを導く。「善知識」は、悟りの境地に入らせる「因縁」だという発想であり、『法華経』の「宿世」の用法にまったく等しい。

それに対して、『源氏物語』に現れる「すくせ」は、良い結果をもたらす因縁ばかりではなく、冒頭に引用した故小西甚一氏の言葉のように、むしろ「憂き世」を実感させる悪しき因縁を指す場合が多いのである。空蝉が夫に先立たれたのも、夫の死後、夫の先妻の子に言い寄られたのも、前世の悪根があってのことだと彼女は思う。また、父が亡くなって伊予介の後妻に身を落とした後に、源氏と不本意な形でしか出逢えなかったのも、どういう拙い前世の因縁のためかは分からないが、その悪根によって導かれた「心得ぬすくせ」「言ふかひなきすくせ」として受け止める

のである。さらに、紀伊守が空蝉の運命を見て、川面に浮かぶ根無し草のように、どうなるか分からない「女のすくせ」を気の毒だと言ったのも、女には男に比べて拙い前世の因縁があるという、当時の仏教的な思想が根底にあろう。『法華経』巻五・提婆達多品第十二には、

女身垢穢　非是法器　　女身は垢穢《くえ》にして、是れ法器に非ず。

とか、

又女人身　猶有五障　　又、女人の身には、猶ほ、五障有り。
一者不得　作梵天王　　一には梵天王と作《な》ることを得ず。
二者帝釈　三者魔王　　二には帝釈、三には魔王、
四者転輪聖王　五者仏身　　四には転輪聖王、五には仏身。

という語句が見え、女性は成仏できない存在だという認識が記されている(67)のである。

二　『法華経』信仰の浸透と仮名書き法華経の「宿世」

もっとも『法華経』は、女人が成仏できないことを説く教典ではない。逆に、女人も成仏できることを教える教典である。それゆえ、当時の女性に歓迎されたに違いない。その様相は『源氏物語』に現れる『法華経』を辿ることによっても知ることができる。

北山僧都の坊に迎えられた源氏が、暁方に、

法花三昧お《を》こなふ堂《だう》の懺《せむ》法のこゑ、山おろしにつきてきこえくる、いとたうとく、たきのお《を》とにひゞきあひたり。（若紫・一六五）

と、『法華経』を一心に読誦して罪を懺悔する法華懺法の声を尊く聞く場面がまずあり、次に、出産直前の葵上にとりついた六条御息所の物怪（生霊）の「すこしゆるべ給へや」という哀願に対して、

加持《かぢ》の僧《そう》ども、こゑしづめて法花経をよみたる、いみじうたうとし。（葵・二九八）

と、陀羅尼に代わり『法華経』が読まれたり、紫上にとりついて仮死状態に陥らせた、やはり六条御息所の物怪（死霊）の罪を救うために、

ものゝけの罪《つみ》すくふべきわざ、ひごとに法花経一部づゝ供養《くやう》せさせ給。（若菜下・一一九〇）

と、『法華経』が毎日書写されて仏前に供えられたりしている。女三宮の持仏開眼供養の法会では、「ほ花の曼陀羅《まだら》」（鈴虫・一二九一）が掛けられ、「御ちぎりを、ほけ経にむすぶ」（同・一二九四）という表白が読み上げられている。さらにまた、病床にあってもなお出家が許されない紫上は、死の近いことを自覚するなかで、

としごろ、わたくしの御願《ぐはん》にて、かゝせたてまつり給ける法花経千部、いそぎて供養《くやう》し給。（御法・一三八二）

と、『法華経』の千部供養を行っていて、紫上死後、夕霧は、

やむごとなき僧《そう》どもさぶらはせ給て、さだまりたるねん仏をばさるものにて、ほ花経など誦《ず》ぜさせ給。（御法・一三九五）

と、紫上追善のために女人往生を説く『法華経』を読誦させている。

このように、源氏物語の時代、『法華経』への信仰は平安貴族のなかに深く浸透していたのであるが、当時女性が手元に置いて読誦していたと考えられる仮名書き法華経において、「宿世」はどのように訓読されていたのであろうか。

先に挙げた『法華経』の「宿世」六例をもう一度、現存仮名書き法華経のうちで最古の訓を伝えるとされる写本の本文によって示すと、次の通りである。

① もろもろの衆生《しゆしやう》の宿世《しゆくせ》の善根《せんこん》にしたかひて…

② われおよひなんたち《汝等》か宿世《しゆくせ》《むかし》の因縁《いんえん》、われ、いま、まさにとくへし。なんたち、よくきけ。

③ ほとけ、童子《とうし》のこゝろ、宿世《しゆくせ》《むかしのよ》の所行《しよきやう》《おこなうところ》をしりたまひて…

この法華経《ほくゑきやう》の、恒河沙《こうかしや》《こうかかわのいさこのかす》の　ことき偈《け》をときたまひき。

④ また、宿世因縁《しゆくせいんえん》《むかしのよの》の事《し》おきき…、こころきよく踊躍《ゆやく》《おとる》す。

⑤　もし、われ、宿世《しゆくせ》に、この経《きやう》を受持読誦《しゆちとくしゆ》《うけたもちよみ》し、他人《たにん》のためにとかさらましかは、とく、阿耨多羅三藐三菩提《あのくたらさんみやくさんほたい》をうることあたはし。

⑥　このふたりのこは、これわか善知識《せんちしき》なり。宿世《しゆくせ》《むかしのよ》の善根《せんこん》を発起《ほつき》《おこし》して、われを饒益《ねうやく》《たのしめん》せん　とおもふかためのゆへに、わかいゐに来生《らいしやう》《きたりまうてたり》せり。

（妙一記念館本仮名書き法華経[68]）

妙一本仮名書き法華経は、「宿世」にすべて「しゆくせ」という仮名を当て、一部「むかし」や「むかしのよ」という左記が見られる。また、元徳二年（一三三〇）書写という識語をもつ足利本仮名書き法華経[69]でも、「しゆくせ（宿世）のせんこむ（善根）」「しゆくせ（宿世）のいんゑん（因縁）」「しゆくせ（宿世）のいんえん（因縁）」などと、妙一本と同じく「しゆくせ」の仮名を当てる。しかし、⑤の常不軽菩薩品の当該箇所だけは、

もしわれ、むかしのよに、このきやうをしゆちとくしゆし、た人のためにとかさらましかは、とくあのくたら三みやく三ほたひをうることあたはし。

と、「宿世」に対して、字音語「しゆくせ」は姿を消し、字訓語「むかしのよ」のみが当てられている。これらから「宿世」が「昔の世」あるいは「昔」と理解されていたことが知られるので

ある。

この「昔の世」という語は、実は『源氏物語』にも六例用いられていて、そのうち「前世」を意味する「宿世」と置き換えられそうな三例を挙げよう。桐壺帝が朱雀院に行幸し、源氏が紅葉のもとで青海波を舞う素晴らしさが、

人の目をもおどろかし、心をもよろこばせ給、むかしの世ゆかしげなり。（紅葉賀・二四〇）

と表現されている。この「むかしの世ゆかしげなり」について、鈴木日出男氏は「前世でどんな善根を積まれたのか知りたい」[70]と注釈されている。善根を積んだ前世という点で『法華経』の「宿世」に近いと言えよう。また、明石女御腹の第一皇子が東宮に立ち、源氏が明石女御とともに住吉に詣で、明石入道のことを、

さるべきにて、しばしかりそめに身をやつしける、むかしの世のおこな《を》ひ人にやありけむ。

（若菜下・一一三六）

と思いめぐらす。この「むかしの世のおこなひ人」は、『法華経』の「宿世に、この経を受持読誦し、他人のために説」いた常不軽菩薩の姿が重ねられていると言えなくもない。

さらにもう一例、源氏が明石女御に紫上の恩を説く場面で、

おぼろけのむかしの世の仇《あた》ならぬ人は、たがふしぐ〳〵あれど、ひとり〳〵罪《つみ》なき時には、お《を》のづからもてなすためしどもあるべかめり。

（若菜上・一一〇六）

と、継母と継子が前世からの敵同士でなければ、いろいろと行き違いがあっても、どちらか一人憎む心がないときには、自然と仲直りする例がたくさんあるはずだというように用いられている。

この「昔の世の仇」は「宿世の讎《かたき》」ということで、『将門記』(71)の、

将門尚与伯父、為宿世之讎、彼此相挑。　将門は尚し伯父と宿世の讎《かたき》として、彼此《かれこれ》相挑《いど》む。

などと同じ用法である。将門は、なお伯父良兼と宿敵として、互いにやり合っていたというのである。この「宿世」は、『法華経』と同じく「前世」の意ではあるが、現世に良い結果をもたらす「善根」のあった「宿世」ではなく、悪い結果をもたらす「宿世」として用いられている。

『源氏物語』には、これらの「むかしの世」の他、前世を意味する語として「前世」をそのまま訓読した「さきの世」が十四例存在する。源氏の美質に対する朱雀院の評「さきの世おしはかられて」(若菜上・一〇三二)や、薫に対する女房の賛辞「さきの世こそゆかしき御有さまなれ」(東屋・一八二〇)などのように、善根を積んだ前世としての「さきの世」が見られる一方で、夕顔は自身の「さきの世の契しらるゝ身のうさ」(夕顔・一一八)を自覚するし、左大臣は娘葵上の死に「つらく、さきの世を思やりつゝ」(葵・三一七)泣く場面があり、現世に悪果を招いた悪根のあった前世としての用例も多く見られる。

源氏は自身の須磨下向を「さきのよのむくい《ひ》」(須磨・三九八)と言い、明石入道も「さきのよのちぎりつたなくて」(明石・四五七)大臣家出身なのに都落ちして田舎暮らししていると言う。

また、宇治の八宮は最愛の北の方に先立たれたのも「さきの世の契」（橋姫・一五〇八）と思い、横川僧都は浮舟が物の怪に取り憑かれたのも「さるべきさきの世の契」（夢浮橋・二〇五九）だと言う。これらの「さきの世の契り」は、現世に悪果をもたらす「前世の因縁」の意味である。

このように、前世を意味する「むかしの世」や「さきの世」という語が存在するにも係わらず、仮名書き法華経において「宿世」にそのまま字音語で「しゅくせ」という仮名が当てられたことは、「宿世」という語の意味の変遷を考える上で重要である。「宿世」に当てられる仮名がもし字訓語の「むかしのよ」や「さきのよ」であったならば、「宿世」の意味も広がり様がなかったのである。「しゅくせ」やその直音表記「すくせ」という字音語の場合は、その音がそのまま意味と結びつくとは限らず、その音と意味の隙間に、意味が変遷していく可能性が生まれたと考えられる。「宿世」に「しゅくせ」や「すくせ」という字音語の仮名を当てることによって、そこに新しい意味が付与され得る前提が出来たのである。仮名文学の『源氏物語』には「すくせ」が一二〇例も用いられている。「宿世」から「すくせ」へ——これは単なる字形の変化に止まらない。「むかしの世」や「さきの世」と異なる、別の意味が付与された新しい流行語の誕生だったのではないか。『源氏物語』の一二〇例の「すくせ」は、「すくせ」が源氏物語の時代の女性たちの間でかなり日常語に近い語彙の仲間入りを果たしていたということを示している。「宿世」は、「すくせ」として日常語化するなかで、前節に見たように「前世」から「前世の因縁」「前世の因縁によって導かれた現世の運命」へと、さらに前世の「善根」から「悪根」へとその意味領域を拡大していったのである。

では、いつ、どのようにして「すくせ」が日常語化し、その意味領域を拡大していくのであろうか。『源氏物語』の「すくせ」が誕生していくまでの過程を、できるだけ多くの『源氏物語』以前の仮名文学作品に即して辿ることが次の課題となる。

三　『伊勢集』冒頭部の「すくせ」

「宿世」が「すくせ」として仮名文学に取り込まれる早い時期の用例として、『伊勢集』冒頭を取り上げよう。

寛平みかどの御時、大宮す所ときこえける御つぼねに、やまとにおやある人さぶらひけり。おや、いとかなしくして、「なべてのをとこはあはせじ」とおもひてさぶらはせけるに、宮すどころの御せうと、いとねむごろにいひわたりたまふを、いかがありけむ、「おや、いかがいはむ」とおもへど、「さるべきすくせにこそあらめ、わかき人、たのみがたくぞあるや」とぞいひける。としふるほどに、その時の大将のむこになりにけり。おやききて「さればよ」とおもひけり。をんな「かぎりなくはづかし」とおもふほどに、

このをとこのもとより、女のおやのいへは五条わたりなるに、きて、かきのもみぢに、
かくかきつけたり
ひとすまずあれたるやどをきてみれば　いまぞこのはは錦おりける　（一）
をんな、いと心うきものから、あはれにおぼえければ
なみださへしぐれにそへてふるさとは　もみぢのいろもこさぞまされる　（二）
とかきて、ねずみもちにつけてやりける。ながっ月ばかりのことなるべし。をとこもみて、
かぎりなくめでけり。

宇多天皇の御治世、大御息所と呼ばれた藤原温子（八七二〜九〇七）の御局に、大和守藤原継蔭女、伊勢という女房がいた。伊勢は、親の意に反して、温子の三歳下の弟仲平（八七五〜九四五）と結ばれてしまう。そのことに対して、親は「さるべきすくせにこそあらめ」（そうなる運命なのであろう）とコメントしている。この「すくせ」は、既に、単なる「前世」の意味ではなく、「前世の因縁によって導かれた運命」の意である。親は「なべての男はあはせじ」と思っていたのだから、良い結果と受けとめられているわけでもない。『源氏物語』に見られる「すくせ」と全く異なるところのない用法である。

『伊勢集』の詞書は、私家集ではあるが、登場人物の紹介から語りはじめるこの文章は物語の文体と言える。西本願寺本系統以外の『伊勢集』では、冒頭の「寛平みかどの御時」が「いづれ

なのである。

の御時にかありけむ」となっていて、『源氏物語』冒頭に与えた影響も大きいと考えられる作品

『伊勢集』の冒頭が書かれた時期はいつごろなのであろうか。書かれている内容をもう少し確認しよう。

継蔭の大和守着任は寛平三年（八九一）。当時、仲平は十七歳の若者で、伊勢と仲平の交渉は、継蔭の大和守時代とすれば、仲平廿歳までの時期である。未だ廿歳以前の「わかき人」仲平は、伊勢の親が心配した通り、「年経る」うちに「大将」の婿になってしまう。そんな仲平から伊勢に「ひとすまずあれたるやどをきてみれば」と歌が届く。私が大将の婿となってあなたのもとに通っていかないので、手入れもされず荒れているあなたの家に来てみると——通説ではこのように解釈されている。

しかし、仲平と伊勢の贈答は、『後撰和歌集』冬にも、

すまぬ家にまできて、紅葉にかきていひつかはしける　　枇杷左大臣

人すまずあれたるやどをきて見れば今ぞこのはは錦おりける　　（四五八）

返し　　伊勢

涙さへ時雨にそひてふるさとは紅葉の色もこさまさりけり　　（四五九）

と見え、この『後撰和歌集』の贈答を視野に入れて、通説は再検討される必要がある。

「枇杷左大臣」は、枇杷殿に住んで承平七年（九三七）に左大臣となった藤原仲平に対する呼称である。この仲平と伊勢の贈答は、『後撰和歌集』よりはむしろ『伊勢集』冒頭によってよく知られていて、『伊勢集』冒頭を前提にして読まれがちであったために、『後撰和歌集』においても、「大将のむこ」になってしまった仲平が詞書「すまぬ家」や初句「人すまず」の「すむ」の主語だと疑われず、「あれたるやど」は例えば「男が通って来なくなった女の家をいう語[73]」と解釈されるのが一般的であった。

それに対して、片桐洋一氏は、『後撰和歌集』の詞書「すまぬ家にまできて」の解釈について「次の歌の「ふるさと」という語の用法から見て「女がよそに住んでいて今在宅していない家に（男が）たまたまやって来て」の意に解すべきであろう[74]」とされた。「ふるさと」は「昔自分がなじんでいた所」で、今は、もう住んでいない思い出の地であるから、伊勢が今も自分の住んでいる家を「ふるさと」とは言わないはずだという着眼である。卓見である。

たしかに、「すまぬ家」という表現自体、詞書では『公任集』に、

ありくにがすまぬ家にて、九月九日

すむ人もなき山ざとに菊の花　秋のみさきてただに過ぎける　（一二四）

と見えるだけで、通常「人が住んでいない家」と解すべき語であり、そこに「詣で来て」と続くと、やはり、

藤原のとしもとの朝臣の、右近中将にてすみ侍りけるざうしの、身まかりてのち、人もすまずなりにけるを、秋の夜ふけて、ものよりまうできけるついでに見いれければ、もとありしせんざいも、いとしげくあれたりけるを見て、はやくそこに侍りければ、むかしを思ひやりて、よみける　　みはるのありすけ

きみがうゑしひとむらすすき虫のねの　しげきのべともなりにけるかな

（古今集・哀傷・八五三）

というような文脈と見るのが自然な見方であろう。

「すまぬ家にまできて」の「すまぬ」と「まできて」という二つの文節の主語が同一人物の男と見るのは「男が通って来ない家に男が通って来て」ということになり、矛盾である。その矛盾を解消しようとすれば、『伊勢物語』第廿三段の、

…河内の国、高安の郡にいきかよふ所いできにけり。

…河内へもいかずなりにけり。まれまれ、かの高安に来て見れば…

のように、「まれまれ」などの副詞を使うなどの工夫が必要になる。「男が通って来ない家に男が通って来て」ではあまりに言葉足らずである。

男の歌の上の句「人すまずあれたるやどをきて見れば」についても同じことが言えるが、初句に「人すまず」と「人」が用いられていることに注意すれば、「人」とは、「自分と人と」という

ように、「自分」と対になる言葉で、自分ではあり得ず、男自身とは考えられない。(75)「人すまず」が和歌に用いられた用例は少なく、『土御門院御集』の「しとどなく籬の竹の夕煙 いくよかへぬる人すまずして」(二四六)や『草根集』の「人すまず荒れたる宿の橘は にほひも袖や尋ねわぶらん」(二四八八)のように、誰も住んでいない、無人の意しか確認できない。

「人すまずあれたるやどをきて見れば」から連想すべきであったのは、『伊勢物語』で言えば、先ほど挙げた第廿三段ではなく、むしろ第四段の、

又の年のむ月に、梅の花ざかりに、去年を恋ひて行きて、立ちてみ、ゐてみ見れど、去年に似るべくもあらず。あばらなる板敷に月のかたぶくまでふせりて、去年を思ひ出でて詠める。

のような状況であった。愛する女の不在となった家に、その女の面影を求めて出かけ、歌を詠むのである。

この「人すまず」の歌は、実は、正保版本歌仙家集系統の『素性集』に結句が「錦なりける」の本文で収録されていて、正保版本には「みづのおの御かどのかくれ給へるを、しら川にかへさのはらへし侍しに(76)」という詞書、同系統の冷泉家時雨亭文庫蔵資経本には「あるじのほかへまかりたりけるいへに、まできて、もみぢにさしてつかはす(77)」という詞書が付けられている。『素性集』末尾近くに置かれていて後の増補と考えられ、また、資経本の詞書から判断すると『後撰和歌集』からの増補だったかと思われるが、いずれにせよ、「人すまずあれたる宿」は「主不在で

荒廃した家」の意で解釈されていたことが知られるのである。

　このように、物語化された『伊勢集』冒頭の詞書に囚われず、『後撰和歌集』の仲平と伊勢の贈答歌を読むと、通説とは異なる贈答の姿が見えてくる。『後撰和歌集』の仲平と伊勢の贈答が本来の姿であり、それを基に後に物語化されたのが『伊勢集』冒頭であった。そのために、物語化された『伊勢集』冒頭の詞書と、和歌との間に微妙な齟齬が生じたと考えられるのである。とすれば、「さるべきすくせにこそあらめ」という表現を用いて物語化された時期も、『後撰和歌集』の撰集が開始される天暦五年（九五一）よりさらに以降ということになる。

四　『伊勢集』『元輔集』『蜻蛉日記』の「すくせ」

　仏教語だった「宿世」は、歌語としてはなかなか定着せず、『万葉集』は勿論のこと、勅撰和歌集では最後まで「すくせ」の用例を見つけることはできない。しかし、私家集の世界では、意外に早くから「すくせ」が歌に詠みこまれることもあったらしい。現存『伊勢集』は、前節で検討した冒頭の物語部分に次いで、屏風歌や歌合の歌を集めた晴の歌群（三四～一〇九）と日常詠を集めた褻の歌群（一一〇～三七八）が続くが、その日常詠歌群に、人

みづぐきのかよふばかりのすくせにて　くもゐながらにはてねとやかく　（三三九）

雲井にもかよふかなしとおもふべき　人にすくせはおかましものを　（三四〇）

と、歌語としての「すくせ」が二例見えるのである。

三四〇番歌は、三三九番歌と共通する「雲居」「通ふ」「すくせ」という歌語が用いられていて、「返し」という詞書はないが、三三九番歌の返歌だった可能性があろう。(78) 男が、手紙を通わすだけの前世の因縁なので、深い関係にならず遠く離れたまま私たちの関係が終わってしまったらよい、とあなたは言うのですか、と詠んできたのに対して、伊勢は、遠く離れたまま手紙を通わすだけの関係を悲しいと思ってくださるあなたに、私の運命を委ねられたらよいのに、と応ずるのであろうか。この和歌が伊勢とその周辺の男との贈答であったとすれば、これらの「すくせ」が歌に用いられた最も早い時期の用例ということができるだろう。ただし、物語化される以前の『伊勢集』の成立も、「『後撰集』とほぼ同時代か直後の成立」(79)と考えられていて、流布されていくのは十世紀半ばを待たなければならなかった。

三三九番歌の「…ばかりの宿世」は、『源氏物語』の、花散里が自分と源氏の関係を、

かばかりのすくせなりける身にこそあらめ。　（薄雲・六一〇七）

と納得しようとする場面にも繋がっていく用法である。

『後撰和歌集』の撰者、梨壺の五人のひとり、清原元輔（九〇八～九〇）の家集『元輔集』にも、

すゑのまつ山

いかなりしすくせをすゑのまつ山か　こえぬにかかるなみだなるらん　（前田家本・一六二）

という「すくせ」を詠み込んだ一首が見える。どうした前世の因縁でどんな将来が待っているのか、末の松山を越えもしないのに、すなわち自分は「あだし心」（古今集・一〇九三）を持っていないのに、どうしてこんなに涙がふりかかるのだろう、という。

この用例は、『源氏物語』において、一条御息所が娘の落葉宮の前世の因縁を思い、

いかなる御すくせにて、やすからずものをふかくおぼすべきちぎりふかゝりけむ

（夕霧・一三三八）

と嘆く場面に繋がる用法であろう。

日記文学にはどのような「すくせ」の用例が見られるのであろう。最初の日記文学である『土佐日記』には「すくせ」は見られず、十世紀後半に入って「すくせ」の語は一般化したらしく、『蜻蛉日記』には、「すくせ」が五例現れる。

まず、上巻天徳二年（九五八）七月条の、兼家に贈った作者の長歌（五八）の中に、

…いかなる罪か　重からん　ゆきもはなれず　かくてのみ　人のうき瀬に　漂ひて　つらき
心は　水の泡の　消えば消えなんと　思へども　悲しきことは　みちのくの　つつじのをか
の　くまつづら　くるほどをだに　待たでやは　すくせ絶ゆべき　あぶくまの　あひ見てだ

にと　思ひつつ　嘆く涙の　衣手に　かからぬよにも　ふべき身を…　（三〇）

と見える。道綱母は、自分にはどんな重い前世の罪業があるのか、と仏教的罪業観を持ち出し、憂き世で辛い思いをするよりも、死んでしまいたいと思うけれども、父の帰京を待たないで親子の宿縁を断つこともできない、と詠む。この「すくせ」は、『源氏物語』の雨夜の品定めにおいて左馬頭が語った尼になった女について言葉、

にごりにしめるほどよりも、なまうかびにては、かへりてあしきみちにも、ただよひぬべくぞおぼゆる。たえぬすくせあさからで、尼《あま》にもなさで、たづねとりたらんも、やがてそのおもひいで、うらめしきふしあらざらんや。　（帚木・四五二）

に繋がっていくもので、「浮く」「漂ふ」「絶ゆ」など共通する語も見える。

二例目は、上巻応和二年（九六二）年条に、兼家との結婚後の不如意な生活について、

たへがたくとも、わがすくせのおこたりにこそあめれなど、心を千々に思ひなしつつありふるほどに　（三一）

などと記されている。前世での怠慢が因縁となって現世の不如意な結果を生むのであり、「すくせの怠り」の「すくせ」は、「前世」の意と見るべきであろう。ただし、『法華経』などとは異なり、悪い因縁を作った前世である。

三例目は、中巻天禄二年（九七一）六月条に、道綱母が西山鳴滝の般若寺に山籠もりしたこと

が見え、

ただ、かかる住まひをさへせんと、かまへたりける身のすくせばかりをながむる　（一一五）

と、我が身の前世の因縁の結果としてのこの世での運命について物思いに浸ったことが記される。この場面は『源氏物語』に引き継がれ、須磨での源氏の憂愁の日々が、

かの御すまひには、ひさしくなるまゝに、え念《ねむ》じすぐすまじうおぼえ給へど、わが身だにあさましきすくせとおぼゆるすまひ《ゐ》に、いかでかは、うちぐしては、つきなからむさまをおもひかへし給ふ。（須磨・四二八）

と語られる。源氏は、須磨での暮らしを自分でも信じがたい運命だと思うのである。

四例目は、下巻天禄三年（九七二）二月条に、兼家と昔関係のあった兼忠女の娘を、道綱母が養女にもらう場面があり、道綱母は、

うべなきことにてもありけるかな。すくせやありけん。（一四七）

と記す。話が順調に進み、その娘と自分との間に、そうなる前世の因縁があったのだろうか、というのである。

五例目は、下巻天延二年（九七四）五月条の、

四日に、雨いといたうふるほどに、助のもとに、「雨間侍らばたちよらせ給へ。きこえさすべきことなんある。上には「身のすくせの思ひ知られ侍りて、きこえさせず」と取り申させ

給へ」とあり。（一九四）

である。道綱母の養女に求婚した右馬頭遠度は、結婚が延期になったことを恨み、右馬助道綱に愚痴を言う。道綱母には「我が身の拙い運命が思い知られまして、申し上げる言葉もございません」と取り次いでください、という。「すくせ」が「思ひ知らる」という点で、『源氏物語』の、藤壺が源氏に迫られて、必死で逃れようとする場面で、

御衣《ぞ》をすべし置《を》きてゐざりのき給に、心にもあらず、御ぐしのとりそへられたりければ、いと心うく、すくせのほど、おぼししられて、いみじとおぼしたり。（賢木・三五二）

と語られる「すくせ」に繋がっていく用法である。ただし、『蜻蛉日記』の遠度の言葉は、男の立場からの、女を求めても得られない宿命、『源氏物語』の藤壺の心に寄り添った語り手の言葉は、女の立場からの、迫ってくる男から逃れようとしても逃れられない宿命である。

五　『伊勢物語』『大和物語』の「すくせ」

『源氏物語』以前の歌物語の「すくせ」の用例を見てみよう。『伊勢物語』には一例、『大和物語』には三例の「すくせ」が見られる。

『伊勢物語』に用いられた「すくせ」一例とは、第六十五段に見える、

この帝は顔かたちよくおはしまして、仏の御名を御心にいれて、御声はいと尊くて申し給ふを聞きて、女はいたう泣きけり。「かかる君につかうまつらで、すくせつたなくかなしきこと、この男にほだされて」とてなん泣きける。

である。仏教に帰依する帝の寵愛を受けながら、そんな尊い帝にお仕えしないで、「かたは」な「在原なりける男」に縛られる我が身の「すくせ」の拙さを悲しく思い、女は泣く。この「すくせ」は、「前世でつくった悪根によってもたらされた現世での宿命」をいうのであろう。『源氏物語』において、大夫監の求婚を断るため、玉鬘の乳母が、

すくせつたなき人にや侍らむ、思はゞかる事侍て、いかでか人に御らむぜられむ

（玉鬘・七二六）

と、玉鬘が不具であると婉曲に言う場面があるが、そこで用いられた「すくせ」と同じ用法である。

『伊勢物語』の成立については、『古今和歌集』の詞書が業平詠とされる和歌の詞書に限って長文で、しかも、それが『伊勢物語』の本文とほぼ共通することから、『古今和歌集』の成立する九〇五年以前に既にいくつかの章段は成立していたと見られているが、この第六十五段は、素材にされた五首の歌のうち三首は『古今和歌集』の詠み人知らず、一首は『古今和歌集』の藤原直子詠であり、明らかに『古今和歌集』成立後に、古今集の他人詠を素材に、二条の后と在原業平

の常軌を逸した恋物語として創作された章段であり、増補された時期は、十世紀後半の成立とされる業平の家集にこの章段の歌が見られないことから、さらにそれより後と考えられるのである。[80]

『大和物語』[81]第六十二段には、「のうさんの君」という女房と浄蔵（八九一〜九六四）という僧の「いとになう思ひかはす」恋が語られて、二人の贈答歌が、

　のうさんの君、

　　おもふてふ心はことにありけるを　むかしの人になにをいひけん　（八七）

といひおこせたりければ、浄蔵大徳の返し、

　　ゆくすゑのすくせをしらぬこころには　きみにかぎりの身とぞいひける　（八八）

と紹介される。仏教語「宿世」を詠みこんだ和歌の作者が、仏教者「浄蔵大徳」であったのは相応しいが、この「すくせ」も、「行末の」という修飾語が付いていることから明らかなように、「前世の因縁によってもたらされた現世での宿命」の意である。将来にこんな運命的な恋に陥ることも知らず、私もあなたと同様、昔の恋人に「あなたのためなら死んでもよい」などと、今から思うとたわいのないことを言っていたものでした、というのである。

　また、第百廿四段にも、大納言藤原国経の妻で、後に左大臣藤原時平（八七一〜九〇九）の北の方となった在原棟梁女に、以前恋人だった「平中」平定文（八七一〜九二三）が贈った歌、

　　ゆくすゑのすくせもしらずわがむかし　ちぎりしことはおもほゆや君　（一九九）

が紹介される。この「すくせ」も、棟梁女が将来、左大臣時平の北の方となって栄える運命だったとは知らなかったというのである。敦忠が父時平、母棟梁女として延喜六年（九〇六）に生まれているので、棟梁女が時平の妻となったのは、延喜五年（九〇五）以前である。平定文が「行末のすくせも知らず」と歌を詠んだのも十世紀初めということになる。しかし、『後撰和歌集』には、

大納言国経朝臣の家に侍りける女に、平定文いとしのびてかたらひ侍りて、ゆくすゑまでちぎり侍りけるころ、この女、にはかに贈太政大臣にむかへられてわたり侍りにければ、ふみだにもかよはすかたなくなりにければ、かの女の子のいつつばかりなるが、本院のにしのたいにあそびありきけるをよびよせて、ははに見せたてまつれとてかひなにかきつけ侍りける　平定文

昔せしわがかね事の悲しきは　如何ちぎりしなごりなるらん

（恋三・七一〇）

返し　よみ人しらず

うつつにて誰契りけん　定なき夢ぢに迷ふ我はわれかは

（同・七一一）

という贈答歌が見え、この時に、平定文が棟梁女に贈った歌は、「行く末のすくせも知らず」ではなく、「昔せし我がかね事の」だった可能性がある。萩谷朴氏は、『伊勢物語』第七十六段に見える「大原や小塩の山もけふこそは 神代のことも思ひ出づらめ」の、高貴な人の妻となってし

まった、かつての恋人に、密かに歌を贈って昔を偲ばせる類型と、『大和物語』第百廿四段は同工異曲で、「大和物語が、類型に従って説話を虚構創作したのではないか」とされ、今井源衛氏も、それを同意され、『伊勢物語』第七十六段に二条后藤原高子の返歌がなく「いかが思ひけん、知らずかし」と結ばれていることと、『大和物語』第百廿四段の場合にも、左大臣藤原時平の北の方の返歌は示されず、「え聞かず」と結ばれていることを、「そのまま作者の素直な言と受取るよりは、彼は『後撰集』にも見える返歌なども知っていながら、『伊勢物語』七十六段の末尾に合せて、そのような言辞を弄したと見る方がよいのではあるまいか」と、『大和物語』第百廿四段の虚構性を指摘している。また、「『後撰集』・『大和物語』ともに「行末」「ちぎる」等の言葉を要所に用いていて、その主題の同一性は偶然の符合とは思えないものがある」とも言われている[82]。勅撰和歌集の『後撰和歌集』と、歌物語の『大和物語』を比べた場合、相対的な信憑性は明白であり、『伊勢物語』の「けふこそは神代のことも思ひ出づらめ」と『大和物語』の「わが昔ちぎりしことは思ほゆや君」の類似性を見ると、平中の歌とされる「行く末の宿世も知らずわが昔ちぎりしことは思ほゆや君」そのものが『大和物語』の作者による、十世紀半ばの時点での創作ではなかったかと思われてくるのである。

　いずれにせよ、「行く末のすくせも知らず」という用例は、『源氏物語』のなかで、玉鬘が息子たちに、

とのおはせましかば、ゆくすゑの御すくせ〳〵はしらず、たゞいまは、かひあるさまにもてなし給てましを。（竹河・一四七七）

と、将来の姫君たちのそれぞれの「前世の因縁によって導かれる将来の運命」は分からないけれど、夫の鬢黒が生きていらっしゃったら、少なくとも今は満足な様子にお世話できるのに、と言う場面に繋がるものである。

もう一例は、拾穂抄系統の『大和物語』巻末にのみ附載されている物語のなかに見られる「すくせ」で、二人の男が一人の女を求婚したが、女は後から求婚してきた官職の劣った男を選んだ。それで、

この初めよりいひける男は、すくせの深くありけると思ひけり。

と続く。この附載物語は、散佚した『平中物語』の本文が混入したものと考えられるが、現存唯一の伝本である静嘉堂文庫本『平中物語』には、この一文はない。

この「すくせ」は「前世の因縁」の意で、『源氏物語』で藤壺が源氏との間に東宮が生まれたことを思い、

御すくせのほどをおぼすには、いかゞあさくおぼされん。（須磨・四一六）

と、宿世の深さを思うという場面や、柏木が女三宮と結ばれ、

猶かくのがれぬ御すくせのあさからざりけるとおもほしなせ。（若菜下・一一七九）

と言う場面に繋がっていくものである。

六　『うつほ物語』『落窪物語』の「すくせ」

『源氏物語』以前の伝奇物語といわれる物語には、どのような「すくせ」が見えるのであろう。『竹取物語』には「すくせ」の用例は見られず、『うつほ物語』には十二例、『落窪物語』には七例の「すくせ」が現れる。

まず『うつほ物語』[83]から見ていこう。俊蔭女が、亡き父俊蔭を思い、

1　わがすくせのがれざりけるを、天翔りても、いかにかひなく見たまふらむ。（俊蔭①六八）

と、逃れられなかった、自分のこの零落した運命を、父上の魂が大空から、どんなにふがいなことと御覧になっておられるでしょうか、と言う場面がある。この「すくせ」は、「前世の因縁によって導かれる現世の宿命」の意で、「逃れられなかった」とする点で、『源氏物語』の、前節最後に挙げた用例や、藤壺が源氏から逃れられず、彼の子を身ごもった宿命に対して、

のがれがたかりける御すくせをぞ命婦はあさましとおもふ。（若紫・一七五）

と、手引きをした王命婦の思いが語られる場面、さらに、浮舟が匂宮から逃れられなかった宿命であることを、

かうのがれざりける御すくせにこそありけれ。（浮舟・一八七四）

と、右近が思う場面に繋がる。

『うつほ物語』には、また、あて宮を手に入れたいと思っている上野宮に、大徳宗慶が、

2　いとよく叶へたてまつりなむ。もし、さらむすくせなくば、少し心もとなくなむあらむ。男女の御仲は、昔縁のままなりき。（藤原の君①一五六）

と語る場面がある。「お望みを叶えてさし上げましょう。もしも、お望みのような前世の因縁がなかったら、少し心配でしょう。男女の間というものは、宿縁のままにあるのです」と詐欺的言動を弄し、御灯明料や御幣帛料を稼ごうというのである。また、東宮から所望された娘あて宮の将来について、あて宮の父正頼は、大宮に、

3　かやうの宮仕へは、千人仕まつれども、人のすくせにこそあらめ。（嵯峨の院①三二八）

と、このような宮仕えは、たとえ東宮のまわりに千人の后妃がお仕えしていたとしても、大勢の妃たちのなかで、寵愛が得られるかどうかは、その人の運命というものです、と語り、あて宮の母大宮も、

4　すくせは知らねども、さる交じらひせむにも、けしうは人に劣らじ。（嵯峨の院①三二八）

と、どうなるか運命は分かりませんが、そのような宮仕えをするにしても、あて宮はそれほどほかの人には劣らないでしょう、と応える。これらの「すくせ」は、「前世の因縁によって導かれ

る現世の運命」の意である。

このうち、用例4のように、「すくせ」は「どうなるかわからない」と表現して、運命の不可知性に対する認識を表明するのは、第六節で検討した『大和物語』の二例にも見られたが、後に掲げる『落窪物語』の用例6なども経て、『源氏物語』の、明石入道が娘明石君と源氏の運命に確信が持てず、

人の御心をも、すくせをもしらで、などうちかへし思ひみだれたり。（明石・四六三）

と思い乱れる場面や、朱雀院が娘女三宮の将来を心配し、

すくせなどいふなることは、しりがたきわざなれば、よろづにうしろめたくなん。（若菜上・一〇三七）

と乳母に語る場面に繋がっていく。

『うつほ物語』には、また、自分の娘と、色好みと評判の仲頼との結婚について、父宮内卿忠保が、

5　わが娘につきて世を尽くさむとも知らず。すくせをも見む。（嵯峨の院①三五六）

と言う場面がある。「自分の娘の婿になって生涯を通すかも知れない。娘の運命にまかせてみよう」というのである。同じことを、後の場面で、母は、

6　すくせにまかせてこそはあらめ。（嵯峨の院①三六二）

と、すべては運命に任せてみよう、と考えたと言っている。

これらの「すくせ」は、「前世の因縁によって導かれる現世の運命」の意で、「すくせに任せる」という点で、『源氏物語』の、玉鬘の乳母の夫、大宰少弐が、十歳ばかりに成長した玉鬘について、

あやしき所におひいで給も、かたじけなく思きこゆれど、いつしかも京にゐ《い》てたてまつりて、さるべき人にも、しらせたてまつりて、御すくせにまかせて見たてまつらむにも…　（玉鬘・七二一）

と遺言する場面や、真木柱が自分の娘宮の御方について、

御すくせにまかせて、よにあらむかぎりは見たてまつらむ。　（紅梅・一四五〇）

と言う場面に繋がっていく。

また忠保は、同じ場面で、

7　わが子、葎《むぐら》の下、藁芥《わらあくた》の中に住むとも、すくせのあらば住みなむ。　（嵯峨の院①三五六）

と、自分の娘が、たとえ粗末な葎の宿の下、藁芥の中に住んでいても、結ばれる宿縁があれば婿になるだろう、と言う。こちらの「すくせ」は「前世の因縁」の意で、『源氏物語』の、孫の雲居雁の結婚問題で、大宮が、

たゞ人のすくせあらば、この君よりほかにまさるべき人やはある。　（少女・六八六）

と、もし雲居雁に臣下と結婚する「前世の因縁」があるのなら、夕霧が最適の婿だと思う場面に繋がる。

『うつほ物語』には、また、三春高基も、あて宮を懇望し、

8 その筋には、親ましたまふとも、すくせなり。（祭の使①四八三）

と言う場面がある。女の結婚という方面では、しっかりした親がおいでになっても、その女の「前世の因縁によって導かれる現世の運命」で結婚相手は決まるものだ、というのである。

また、俊蔭女に琴を弾かせようとして、朱雀帝が、

9 いでや、手触れらるる人もなければ、みな塵ゐにたりや。

水を浅みひくく人もなきあしひきの　山の小川はちりぞ調ぶる

さるは、すくせもありとか聞く。（内侍のかみ②二四八）

と、誰も弾く人もなく手を触れない私の琴をそなたが弾くのも、前世の因縁があってのことと言い、それに対して、俊蔭女が「目に見ずはいかが」（宿世は目に見えないのにどうして分かるのでしょうか）と応える場面がある。

「すくせ」が「目に見えない」とする点で、『源氏物語』において、源氏が女子教育に関して紫上に、

女ごをおほしたてむことよ、いとかたかるべきわざ也けり。すくせなどいふらむものは、め

にみえぬわざにて、おやの心にまかせがたし。（若菜下・一二〇五）

と語る場面や、左近中将が母玉鬘に対して、大君の参院が帝の不興を買ったことを、

その、むかしの御すくせは、めに見えぬものなれば、かうおぼしの給はするを、これは、契ことなるとも、いかゞは奏《そう》しなほ《を》すべきことならむ。（竹河・一四八八）

と責める場面、さらに、宇治の大君が薫に、

すくせといふらむかたは、めにみえぬ事にて、いかにも〳〵思たどられず、しらぬ涙のみ、きりふたがる心ちしてなむ。（総角・一六一七）

と、『後撰和歌集』の「ゆくさきを知らぬ涙の悲しきは ただめのまへにおつるなりけり」（離別・一三三三、源済）を引歌に、行く末の不安を語る場面に繋がっていく。

『うつほ物語』には、また、兼雅に見捨てられた一条殿の妻妾たちの一人が、息子の仲忠の姿を見て、

かくめでたき子持たらむ人をば、いかがはおろそかにはしたまはむ。すべて、すくせの尽きたればにこそあらめ。（蔵開中②五〇四）

と言う場面がある。仲忠のような優れた子を生んだ俊蔭女を、兼雅が疎略に扱うはずがない、自分たちが見捨てられたのは、すべて、自分たちの「すくせ」が尽きたからだろう、というのである。この「すくせ」は、「前世の因縁、前世で積んだ善根」という意味である。一方、兼雅は、

自身の昇進遅滞に対する不満から、娘仁寿殿女御への帝の寵愛をいいことに、意のままに除目を行う正頼を批判して、

11　すくせ心憂く、いかなる窪《くぼ》つきたる女子持ちたらむとぞ見ゆるや。（蔵開中②五一四）

と、どのような女陰がついた娘子をお持ちなのかと思うよ、と揶揄する。「すくせ心憂く」とは、それに対して、わが宿世が恨めしい、ということだろう。

『うつほ物語』の最後の「すくせ」の用例は、故式部卿宮の娘、中君が零落した自身を、

12　わが幸ひなく、恥を見るべきすくせのありければ、ここらの年月こそあれ、かかる年月をみること。（蔵開下②五五〇）

と、私は不幸で、恥をかくことになる因縁があったので、ここ何年もつらい年月を送ってきたけれども、これほど恥ずかしい時を迎えようとは思わなかった、と言う場面である。この「すくせ」は、「前世の因縁」の意であり、『源氏物語』の、

やむごとなきすぢながらも、かうまでおつべきすくせありければにや、心すこしなほ《を》〳〵しき御叔母《をば》にぞありける。（蓬生・五二四）

に繋がる。末摘花の叔母は、高貴な血筋だったが、こんなにまで零落する因縁があったからか、心が少し品性に欠けるというのである。『源氏物語』の末摘花の造形は、『うつほ物語』の故式部卿宮の中君の造型を受け継いでいるようで、『うつほ物語』の「夏の帷子の煤けたる几帳一つ二

つ立てて」「煤けたる白衣着て」（蔵開下②五四九）いる零落した中君の姿は、そのまま『源氏物語』の「しろききぬの、いひしらず、す丶けたる」（末摘花・二二八）を着た女房や「あさましう、す丶けたる几帳《き丁》」（蓬生・五二八）に囲まれて暮らす末摘花の姿に重なっていく。

『落窪物語』に目を転じると、落窪の姫君が少将（道頼）と結ばれた場面で、帯刀の惟成が、

1　とてもかくても、御すくせぞあらん。[84]　（第一・二七）

と言う。良くも悪しくも、二人の御関係には、「前世の因縁」があるのだろう、というのである。少将自身も、結ばれた後、泣いている落窪の姫君に対して、

2　かく憎まれたてまつるべきすくせのあるなりけり。　（第一・二八）

と、このように私には憎まれることになる「前世の因縁」があるのだなあ、と慰めの言葉をかける。

また、継母北の方腹の四君と、「痴れ者」で「面白の駒」とあだ名される兵部少輔の結婚について、四君の父中納言（忠頼）は諦めて、

3　すくせやさしもありけん。　（第二・一四〇）

と、「前世の因縁」がこのようにもあったのだろうか、と言い、四君が「面白の駒」の子を懐妊してしまう場面で、継母北の方は、

4　すくせ心憂かりける事は、いつしかと、つはり給へば、「いかでと産ませんと思ふ少将の君

の子は出で来で、この痴れ者の広ごること」とのたまふを…。（第二・一四一）

と、産ませたい蔵人少将の子は出来ないで、こんな愚か者の子が出来るとは、と嘆き、四君も、「いかで死なん」と絶望する。女房の少納言も、

5　すくせにやおはしけん、いつしかといふやうにはらみ給へれば、心ちよげに見え給ひし北の方も、思ひまつはれてなんおはすめる。（第二・一五八）

と、前世の因縁による結果であられたのでしょうか、いつの間にやら御懐妊なさったので、以前は得意気にみえていらっしゃった北の方も、心配事が離れない様子でいらっしゃるようです、とコメントする。後には、四君自身が、母の行為を、

6　かく憂きすくせも知りたまはで、上の懸隔におぼしかしづきしを、いかに人思ひあはせん。（第三・二一六）

と、このようにつらい運命とも知らないで、母上が落窪の君と分け隔てをして私たちを大切にしてくださったのに、世間の人は今どう思っているでしょう、と同母姉の三君に語る。さらに最後の場面では、四君は、大宰府の権帥と再婚して、筑紫へ下向することになる場面では、別れを悲しむ母北の方に、四君は、

7　しばしのほどにても、御手はなるべきすくせこそは侍けめ。（第四・二八四）

と、しばらくの間でも、母上のお手もとを離れなければならない前世の因縁があったのでござい

ましょう、と言って慰める。

注目したいのは、用例4と6である。二つの「すくせ」は、ともに「前世の因縁によって導かれる現世の宿命」の意であるが、用例4については、「すくせ」が「心憂し」と形容される点で、『うつほ物語』の用例11を受け、『源氏物語』の、第一節に挙げた関屋における空蝉の用例や、第五節に挙げた賢木における藤壺の用例の他、源氏の子を身ごもってしまう場面での、藤壺の、

あさましき御すくせのほど心うし。（若紫・一七五）

という心情や、物の怪に患って鬚黒とも疎遠になってしまった自身に対する、鬚黒の北の方の、

身づからは、かく心うきすくせ、いまは見はてつれば、この世にあとゝむべきにもあらず、ともかくも、さすらへなん。（真木柱・九五〇）

という心情、さらに、匂宮との関係に対する、浮舟の、

わが心もてありそめしことならねども、心うきすくせかな。（浮舟・一九一二）

という心情にまで繋がり、広がっていく。一方、用例6についても、「すくせ」が「憂し」と形容される点では、『源氏物語』の、第一節に挙げた関屋における空蝉の用例をはじめ、鬚黒との結婚を、玉鬘が、

思はずに、うきすくせなりけり。（真木柱・九三五）

と思う場面や、夫柏木の死後、夕霧から軽々しく迫られる自分の境遇を、落葉宮が、

かくまでも、すゞろに人に見ゆるやうはあらじかし、とすくせうくおぼしくして…

（夕霧・一三二八）

と思う場面に繋がるのである。

むすび

　ここでもう一度、冒頭に引用した「宿世は、輝かしい幸福よりも、悲惨な不幸をもたらしがちである。だから、人の世は、憂き世とよばれる」という小西甚一氏の言葉を思い起こしたい。仏教に出逢う仏縁という意味で「宿世」は、善根を積んだ前世、と捉えられる。本稿で確認したところで言えば、『法華経』という天台仏教の根本依経とされた教典のなかの「宿世」は、『法華経』という最高の教えと出逢う過去世、として説かれていた。しかし、いったん、「宿世」という語が、人々を理想世界に導こうとする仏教の語彙を離れて、平安貴族が置かれていた世俗の現実のなかで「すくせ」として使用されはじめると、この現実世界には、思い通りになる事柄より、思い通りにならない事柄の方が圧倒的に多いが故に、「すくせ」は、善根を積んだ前世ではなく、この不如意な現実をもたらす悪根を作ってしまった前世、と捉え直されたにちがいない。

　そして多くの貴族にとっての関心は、過ぎ去った「前世」ではなく、目に前にある「現世」にあったはずだから、「すくせ」は、善根や悪根をつくった「前世」から、現世の現実をもたらした「前世の因縁」、さらに「前世の因縁によってもたらされた現世の運命」へ、と意味の重点を移していったと考えられる。特に、不如意な現実は、男性よりも女性に著しかったはずで、男性作者の手に成る物語に見える「すくせ」は、結婚や懐妊、寵愛や零落などといった単純で観念的なものも多いが、女性作者の手に成った『蜻蛉日記』『源氏物語』などに見える「すくせ」は、それらの類型を踏襲しつつも、現実の生活のなかで彼女らが実感せざるを得なかった、複雑で具体的な、多くの不幸の形に対して、その「宿縁」や「宿命」を見つめるものとなっている。何事も「すくせ」と、現実に対する言い訳や諦めの文脈でも用いられたが、やがて「憂きすくせ」から遁れるために仏道に救済を求め、果ては「現世」を捨てて「来世」を志向する人々も増えていくのである。

十世紀後半、天台浄土教が貴族社会に深く浸透していくなかで、仏教語「宿世」は、仮名文学のなかで日常語「すくせ」として使用されはじめ、十一世紀初め、『源氏物語』の作者はそれらを踏まえて、長大な「すくせ」の物語を作り上げる。

『源氏物語』の「すくせ」一二〇例が、後世の「宿世」に与えた影響はかなり大きく、それを暗示する現象を最後に指摘しておきたい。

『源氏物語』成立直前の、寛和元年（九八五）四月に源信によって書き上げられた『往生要集』(85)

にも、

　無量清浄仏の名を聞きて、歓喜踊躍し、身の毛為に起《いよだ》つこと、抜き出《いだ》すが如くする者は、皆悉く、宿世の宿命に、已に佛事を作せるなり。（巻下・問答料簡）

と「宿世」の用例が見えるが、これは、「信毀《しんき》の因縁」を問題にして、「何が故ぞ、聞くと雖も、信ずるもの信ぜざるもの有るや」と問い、それに対して「無量清浄覚経」を引用し、「宿世の宿命」において、善根となる功徳をすでに積んでいる者だけが仏に出逢えるのだと説く。この場合の「宿命」とは、前世における生活ということで、「宿世」は、やはり仏縁に出逢える善根を積んだ「前世」の意で用いられている。

　ところが、『源氏物語』が成立して流布した後の、長久年間（一〇四〇～四四）の成立とされる『大日本国法華経験記』[86]になると、

　依宿世因　不誦此品。　宿世の因に依りて、此の品を誦せられず。（巻中・77）

のように、『法華経』とは異なって、現世に悪い結果をもたらす悪い因縁のあった「前世」の用例や、

　詣長谷寺　白観音言　長谷寺に詣でて、観音に白《まう》して言はく、
　有何因　違世間人　此身黒色。何の因有りてか、世間の人に違《たが》ひて、此の身の黒色なる。
　観音神通　令知宿世。　観音の神通にて、宿世を知らしめたまへ、といへり。

（巻上・26）

のように、「宿世」だけで「宿世の因」あるいは「前世の因縁」の意味になっている「宿世」の用例も現れてくる。

さらに時代が下り、一一二〇年頃の成立とされる、仏教説話を多く収める説話の一大集成たる『今昔物語集』で調査してみると、「宿世」が四十二例用いられていて、そのうち、

巻一―18「宿世ノ罪報」巻二―13「宿世ニ何ナル福ヲ殖テ」28「宿世ノ報」巻十三―19・26「宿世ノ報ニ依テ」巻十四―2「宿世ニ怨敵ノ心ヲ結テ」25「宿世ノ報」巻十五―28「宿世ノ縁有テ」巻十九―35「宿世ノ敵」

のように、善根・悪根を積んだ「前世」の意で用いられているのが十七例。残る廿五例は、

巻十六―9「可然キ宿世有テ君ヲ得タリ」30「身ノ宿世思ヒ知ラレテ」33「深キ宿世有テコソ此クモ有ラメ」巻十七―33「何ナル宿世有テ」巻廿二―8「我ガ身ノ宿世心踈ク思ユ」巻廿四―18「可死キ宿世ヤ有ケム」巻三十―5「我ガ宿世糸悲ク恥カシ」

などのように、善果・悪果をもたらす「前世の因縁」の意となっている。そのなかには、

巻二―24「善悪ノ報、皆前ノ世ノ宿世也」巻十―8「夫妻ノ契リ、前ノ世ノ宿世也」

のような単に「因縁」の意の用例も含まれ、「宿世」は、「前世」よりも「因縁」の方に意味の重点が移っていくことが知られるのである。

もちろん、このような仏教説話のおける「宿世」の用法の変遷が、そのまま『源氏物語』の影響とは言えないが、その背景に、仏教語「宿世」を日常語化して、意味領域を拡大していった仮名文学における「すくせ」の用法が、さらにまた仏教説話の「宿世」に影響を及ぼしていくという過程が考えられるのではないかと思うのである。

横川往還の道と小野

一　松明の灯と阿弥陀仏

『源氏物語』五十四帖の最後「夢浮橋」は、浮舟の生存と出家を伝え聞いた薫が、その確認のため、横川僧都を訪ねる場面から始まる。

山《やま》におはして、例《れい》せさせ給やうに、経、仏など供養《くやう》ぜさせ給。又の日は、横川《よかは》におはしたれば、僧都《そうづ》おどろきかしこまりきこえ給。（夢浮橋・二〇五五）

比叡山延暦寺に登った薫は、まず前帖「手習」の末尾近くに「月ごとの八日は、かならず、たうときわざ、せさせ給へば、やくし仏によせたてまつるに、もてなし給つるたよりに、中堂《だう》に時〴〵まゐ《い》り給けり」（手習・二〇五〇）とあったように、東塔の根本中堂で毎月八日に行う薬師仏の供養を済ませ、翌日、横川に向かった。薫の思いがけない訪問に横川僧都は驚くが、やがて来訪の真の目的を知る。薫は、僧都から直接この間の経緯を聞き、「ゆめの心ち」（夢浮橋・

二〇五八）して涙ぐみ、「いとびんなきしるべとはおぼすとも、かのさかもとにおりたまへ」（夢浮橋・二〇五九）と、僧都に案内役を依頼する。僧都は、

かたちをかへ、よをそむきにき、とおぼえたれど、かみ、ひげをそりたる法師《ほうし》だに、あやしき心はうせぬもあなり。まして、女の御身はいかゞあらん。いとほ《お》しく、罪《つみ》えぬべきわざにもあるべきかな。（夢浮橋・二〇六〇）

と困惑し、「まかりおりむこと、けふあすは、さはり侍。月たちてのほどに、御せうそこを申させ侍らん」（同）と切り抜ける。

薫は、お供に連れていた浮舟の弟、小君を僧都に紹介し、せめてこの童を遣わしたいので是非「御ふみ、ひとくだり給へ」（同）と僧都にお願いし、僧都の紹介状を手に入れて日暮れに下山した。松明を灯して下山してくる薫一行を、浮舟は「坂本」にある小野の山里から眺めることになる。

小野《をの》には、いとふかくしげりたる青葉《あをば》の山《やま》にむかひて、まぎるゝことなく、やりみづの蛍《ほたる》ばかりを、むかしおぼゆるなぐさめにて、ながめゐ給へるに、例《れい》の、はるかにみやらるゝ谷《たに》の軒端《ゝきば》より、前駆《さき》心ことにお《を》ひて、いとおほくともしたる火の、ゝどかならぬひかりをみるとて、あまぎみたちも、はしにいでゐたり。

「たがおはするにかあらん。御ぜんなど、いとおほくこそみゆれ」

「ひる、あなたに、ひきぼしたてまつれたりつる、かへり事に、大将殿おはしまして、おほんあるじのこと、にはかにするを、いとよきをり《お》、とこそありつれ」

「大将殿とは、この女二の宮の御をとこにや、おはしつらむ」

などいふも、いと、このよとほく、田舎《ゐ中》びにたりや、まことに、さにやあらん、時〴〵か丶る山ぢわけおはせしとき、いとしるかりしずいじんのこゑも、うちつけに、まじりてきこゆる、月日のすぎゆくま丶に、むかしのことの、かく、おもひわすれぬも、いまは、なに丶すべきことぞ、と心うければ、あみだぼとけにおもひまぎらはして、いとゞものもいはで、ゐたり。

（夢浮橋・二〇六二）

深々と茂っている青葉の山に向かって、気が紛れることがない、という表現は、『拾遺和歌集』の題しらず・よみ人しらずの歌、

世の中はいかがはせまし　しげ山の青葉《あをば》のすぎのしるしだになし

（雑恋・一二三六）

を踏まえながら、ここでは道標の見えない恋の道にとどまらず、もっと広く人の生きる道を問題にし、進むべき人生の道標が見えないなかで、この世の中をどう生きてゆこうか、という浮舟の物思いを表していよう。また、遣水の蛍だけを昔を回想する慰めにして、という表現は、『摩訶止観』巻第三の上に見える、

大論にいわく、「空に二種あり。一には但空《たんくう》、二には不但空《ふたんくう》なり」と。大経にいわく「二乗の

人は、但だ空を見て不空を見ず。智者は但だ空を見るのみにあらず、よく不空を見る。不空は即ち大涅槃なり」と。二乗は但空にして智は蛍火のごとく、菩薩の人は智慧は日のごとし。(87)が意識されているのではあるまいか。「二乗は但空にして智は蛍火のごとし」という法句は、後に常磐（大原）三寂の一人唯心房寂然によって採り上げられ、『法門百首』に、

二乗但空　智如蛍火

道のべのほたるばかりをしるべにて　ひとりぞいづるゆふやみの空（一七）

二乗の諸法をむなしとのみ思ふ智恵は、菩薩の中道をさとれる智恵にのぞむれば、ほたるを日のひかりにくらべんがごとし、二乗は自調度の道におもむきて、ひとり生死のやみをいづれば、ひとりいづといふなり。

と見え、それがまた『新古今和歌集』巻第廿・釈教歌にも入集する。『岩波仏教辞典』によると、「二乗は、現世に対する執着を断った聖者（阿羅漢）であるが、現実逃避的、自己中心的であり、利他の行を忘れたもの」とされ、浮舟のありかたが示唆されているとも考えられよう。

浮舟は、尼君と妹尼の会話を傍で聞きながら薫一行が下山する松明の「いと多くともしたる火の、のどかならぬ光」を見、また、聞き覚えのある薫の随身の声もふと聞こえて来て、宇治での薫や匂宮との日々が鮮やかに甦り、出家した今も昔のことを忘れていない自分に気づき、情けなく、「阿弥陀仏」を念じて、ますます寡黙になってじっと座っているのである。男と女の多くの

恋の形を物語ってきた『源氏物語』のクライマックスとも言える場面であり、松明の「いと多くともしたる火の、のどかならぬ光」は象徴的で、それを見つめる浮舟のまなざしは、我々の心に深い印象を刻む。

薫は横川からどのような道を歩いて下山したのだろう。また、浮舟は薫一行の松明の灯をどこから眺めたのだろう。もちろん、物語は虚構である。しかし、その点は踏まえつつも、物語最後の舞台として選ばれた意味を確認するためにも、薫が歩いた横川往還のルートや浮舟が身を隠していた小野の山里の位置を当時の記録類によって検証しておきたい。

二　八瀬路と黒谷道

浮舟が薫一行の松明の灯を眺めたのは、小野の山荘の「例の、はるかにみやらるゝ谷の軒端より」であった。「例の」という表現は、日常生活のなかで浮舟や尼君たちが小野の山荘の軒端から遥か彼方を遠望するという行動がしばしばあったことを示している。

例えば、「手習」の、横川へ帰る僧都を見送るために外を見ると、「はるかなる軒端より」訪ねて来た中将の狩衣姿が見えた、という次の場面。

はしのかたに立いでてみれば、はるかなる軒端《ば》より、かりぎぬすがた色〻に立まじりてみゆ。

山へのぼる人なりとても、こなたのみちには、かよふ人も、いとたまさかなり。黒谷《くろだに》とかいふ方よりありく法師《ほうし》のあとのみ、まれ〳〵は、みゆるを、例のすがた、みつけたるは、あいなくめづらしきに、このうらみわびし中将なりけり。
（手習・二〇三七）

ここには、比叡山へ登る人であっても、こちらの道を通る人はほんとうに稀であり、黒谷とかいう方面から下山してくる法師の姿だけが稀に見られる、とある。つまり、当時、比叡山に登る場合、「こなたの道」ではなく、別の道から登るのが一般的だったというのである。比叡山延暦寺への一般的な登山道とは、都から根本中堂までの最短ルートである「西坂」（現在の雲母坂）か、琵琶湖側へ回って現在の坂本から「東坂」（本坂）を登るルートである。

『御堂関白記』（大日本古記録）によると、寛弘元年（一〇〇四）八月、道長は、比叡山「東塔」で行われた不断念仏に参会するために山に登っている。

（十七日）早朝登山。不断念仏ニ会センガ為也。院源《いんげん》僧都ノ房ニ至ル。午ノ時（正午）許、入堂。其ノ次デ勝蓮華院《しょうれんげいん》ヲ見ル。…申ノ時（午後四時）許、東塔ニ渡ル。…事了ンヌ。覚運《かくうん》僧都ノ房ニ着ス。夜宿ス。

（十八日）東坂ヨリ下向。

この時の登山道は不明だが、下山は「東坂」を利用している。

また、『小右記』（大日本古記録）長和五年（一〇一六）五月条には、三条上皇が御眼疾により比叡山に御幸した記事が見える。

（一日）申ノ時（午後四時）上皇、登山セシメ給フ〈西坂ヨリ御手輿《たごし》ニテ登ラシメ給フ〉。

（二日）頭中将資平《すけひら》、山ヨリ来リテ云フ、昨日ノ亥ノ刻（午後十時）許、上皇、先ヅ食《じき》堂ノ御在所ニ着シ給フ。次デ中堂ニ参ラシメ給フ。西坂ヨリ登御。即チ手輿ヲ用フ。…騎馬ニテ扈従…中納言俊賢《としかた》・懐平《かねひら》、早旦、東坂ヨリ参登スト云々。…中堂ニ於テ座主ヲ以テ薬師法ヲ修セラル。…

（八日）伝ヘ聞ク、今日、上皇、下山セシメ給フ。御目、例ノ如シ。事ノ験無シト云々。

（九日）資平云ク、昨、上皇、下山セシメ給フ。…御目、更ニ減無シト。

五月一日午後四時、上皇は「西坂」から「手輿」で登っている。翌二日、頭中将資平は下山して、比叡山での様子を実資に詳しく報告している。上皇は六時間ほどかかって午後十時頃に御在所に到着、次いで根本中堂に参詣している。二日から除病の御修法が始まったらしく、中納言俊賢・懐平が当日の早朝「東坂」から登山している。根本中堂の本尊薬師仏の御利益を得るため、上皇は、中堂で天台座主から薬師法を受け、薬師仏の縁日である八日まで山上に滞在し、下山した。しかし霊験は得られず、上皇の眼病はよくならなかったという。

さらにまた、『小右記』寛仁四年（一〇二〇）十二月条には、道長が自らの受戒のため比叡山に登った記事が見える。

（十三日）今暁、入道相府《しょうふ》、登山。明日、受戒。諸卿追従《ついしょう》ス。

（十五日）宰相（資平）下山シテ云フ。昨日、御受戒。…今日ヨリ中堂ニ於テ七仏薬師法ヲ行ゼラル…。今暁、関白（頼通《よりみち》）登山。坂下リテ手輦《てぐるま》ヲ持チ迎フ。然レドモ乗ラズ。藁履《わらぐつ》ヲ着シテ参上スト云々。

（十七日）関白、一昨、東坂ヨリ登山。今朝、帰ラルト云々。

（廿一日）入道殿、西坂ヨリ下リ給フ。

当時、既に出家して「入道相府」あるいは「入道殿」と呼ばれていた道長は、十三日から廿一日まで山上に滞在し、「西坂」から下山している。子息の関白頼通は、十五日、坂本に迎えに来ていた「手輦」には乗らず、「藁履」を着して「東坂」を徒歩で登っている。

この三例、「東塔」での仏事ということが共通し、後の二例は東塔の根本中堂に於いて薬師法が行われいている。東塔へ至る道として、近江側から登る「東坂」か、京都からの最短ルートで登る「西坂」が利用されたものと考えられる。

これに対して、比叡山延暦寺の四至の北限だった「横川」が開発されるようになると、直接「横川」に向かう登山道も作られていく。

横川は、早く慈覚大師円仁によって開かれてはいたが、都の貴族たちの注目を浴びるようになるのは、良源が横川に籠もって以降である。良源は、十世紀後半、権門藤原師輔の援助を得て、

横川を整備していくのである。師輔の日記『九暦』（大日本古記録）天暦八年（九五四）十月条には、

（十六日）子ノ刻（午後十二時）許、進発。

（十七日）寅ノ刻（午前四時）会坂《あふさか》ノ関ニ到ル。卯ノ刻（午前六時）東坂ニ着ク。…辰ノ刻（午前八時）源大納言〈高明〉西坂ヨリ参上。…件ノ堂ニ於テ仏経ヲ行ズ。…事畢ンヌレバ横川ニ向カフ。

（十八日）戌ノ刻（午後八時）初メテ法花三昧《ほっけざんまい》ヲ行ズ。未ダ堂ヲ作ラズ。仍テ借屋ヲ構ヘテ立テテ行ズル所也。

（十九日）日中ノ懺法《せんぼう》ニ会ス。如法堂・中堂ヲ拝ス。良《りょう》闍梨、十五日ヨリ今日ニ至ルマデ不断念仏ヲ行ゼシム。

（廿日）同ジ闍梨、今日、阿弥陀経ヲ講ゼシム。

（廿一日）巳ノ刻（午前十時）山ヲ出ヅ。

と、師輔が仏経供養の後、横川へ向かい、十八日、初めての法華三昧等を行って、当地で四泊五日過ごしていることが記録されている。堂が未完成で、仮の建物で行ったとあるので、横川の法華三昧堂[88]の落慶供養は、もう少し後の、『蜻蛉日記』[89]天暦八年（九五四）十二月条に、

しはすになりぬ。横川にものすることありて登りぬる人、「雪にふりこめられて、いとあはれに恋しきことおほくなん」とあるにつけて、

こほるらんよかはのみづにふるゆきも　わがごときえてものはおもはじ（一二三）

などいひて、その年はかなく暮れぬ。

と見える頃だったのであろう。

いずれにせよ、京の貴族たちが横川に足を踏み入れたり、僧が京と横川を往還したりするようになると、京から横川への道は、東坂や西坂でまず東塔に登り、東塔から西塔を経由して峰道を通って横川へ向かうルート以外に、直接横川に登るルートも整備されていくことになる。近江側の坂本から、大宮川に沿って谷道を遡るルート、大宮川の東側にある山々の尾根筋を登っていくルート、あるいは坂本から北上して西教寺や飯室《いむろ》谷の方から山に分け入るルート、また京都側から高野川に沿って八瀬や大原辺りまで北上して山に分け入るルートなどである。

長保二年（一〇〇〇）十二月十六日、皇后定子は皇女媄子《よしこ》出産時、後産《あとざん》が下りず崩御する。『権記』（史料纂集）には、「寅ノ終リ（午前五時）許」に崩御の報告を受けて、行成が参内すると、一条天皇は「皇后宮、已ニ頓逝ス。甚ダ悲シ」と仰ったとある。一条天皇と皇后定子の間には、脩《なが》子《こ》内親王五歳・敦康《あつやす》親王という二人の子どもがあり、定子はまだ廿四歳であった。世の中の無常を感じた少将藤原成房《なりふさ》は、三日後の十九日、横川の飯室に出奔する。飯室には、花山天皇の出家に従って同じく出家した父、入道中納言義懐《よしちか》が籠もっていたのである。『権記』によると、行成はすぐ飯室を訪ねている。

（廿日）丑ノ刻（午前二時）飯室ニ向カフ。少将ヲ訪フナリ。到着ノ刻限、巳ノ終リ（午前十一時）也。少将、出家ノ志ヲ示ス。刻念、素ヨリ深シ。唯ダ納言（義懐）ノ旨ニ依リテ、未ダ之ヲ遂グル能ハザルノミト云々。…帰駕、関山（逢坂山）ニ至ル比、秉燭《ひともしごろ》。帰宅。

どういう道を通って行ったかは分からないが、九時間近くかかっている。帰路は、近江側に下り、乗り物で逢坂山を越えて、帰宅している。翌々日、道長の猶子源成信《なりのぶ》と、行成は再び飯室に赴く。

（廿二日）権中将（成信）ト飯室ニ赴ク。宿ス。

（廿三日）帰路、便チ三井寺《みいでら》ニ於テ入道三宮ニ奉謁ス。

この時も帰路、三井寺に立ち寄っているので、近江側から逢坂山を越えて京に戻っていることが分かる。「入道三宮」は、村上天皇第三皇子致平《むねひら》親王で成信の父。三井寺の余慶《よけい》に従って出家していた。

飯室は、横川でも近江側の谷を下りた別所なので、近江側から登るのが楽である。それゆえ、行成は右のようなルートで飯室までの道を往還したのであろう。

成房は、父義懐の説得によって、この時は出家を思い止まり、翌長保三年（一〇〇一）正月七日、帰洛する。⑽ 一方、同年二月四日、源成信は、藤原重家《しげいえ》と共に三井寺園城寺《おんじょうじ》において出家してしまう。成房が飯室で出家の素懐を遂げるのは、その翌年、長保四年（一〇〇二）二月三日のことである。成房は中将になっていた。同年六月十三日、冷泉天皇第三皇子為尊《ためたか》親王（弾正宮）が廿六歳で薨去。その一周忌の法事が長保五年（一〇〇三）六月十三日に横川の恵心院《えしんいん》で行われた。『権記』によると、行成は前日から横川に登り、飯室の成房と逢っている。

（十二日）横川ニ登ル。濱ノ泥深キニ依リテ、山路ヲ経テ、飯室ニ至ル。宿ス。中将（成房）ニ相逢フ。

（十三日）早朝、横川ニ登ル。慧心院ニ於テ故弾正宮ノ御周忌ヲ修セシム。…申ノ刻（午後四時）事了ンヌレバ、八瀬路ヨリ下ル。

この時、「浜ノ泥深キニ依リテ、山路ヲ経テ、飯室ニ至ル」とあるのは、『権記』六月一日条に「甚雨」とあり、『小右記』編年目録にも六月一日「賀茂上司流死事」十三日「防河使定事」など(91)と見え、大雨による洪水の影響を受けて、飯室に至る通常のルートを変更したらしい。翌日早朝、飯室から横川に登り、恵心院での法事を午後四時に終え、「八瀬路」より下山している。

「八瀬路」とは、横川から横高《よこたか》山のある西南西の方角へ緩やかに登り、横高山と大比叡《おおびえ》を結ぶ尾根に出て、南北に走る尾根道を南の西塔の方向へ向かわず、そのまま尾根を横切り、西側の急な坂道を八瀬へ下りる道である。急勾配をジグザグで進むことにはなるが、大きな視野で見れば、横川から八瀬秋元《あきもと》町の長谷出《はせだし》まで、ほぼ直線で繋がる道で、京と横川を結ぶ最短ルートである（次頁「三塔周辺図」参照）。

八瀬路

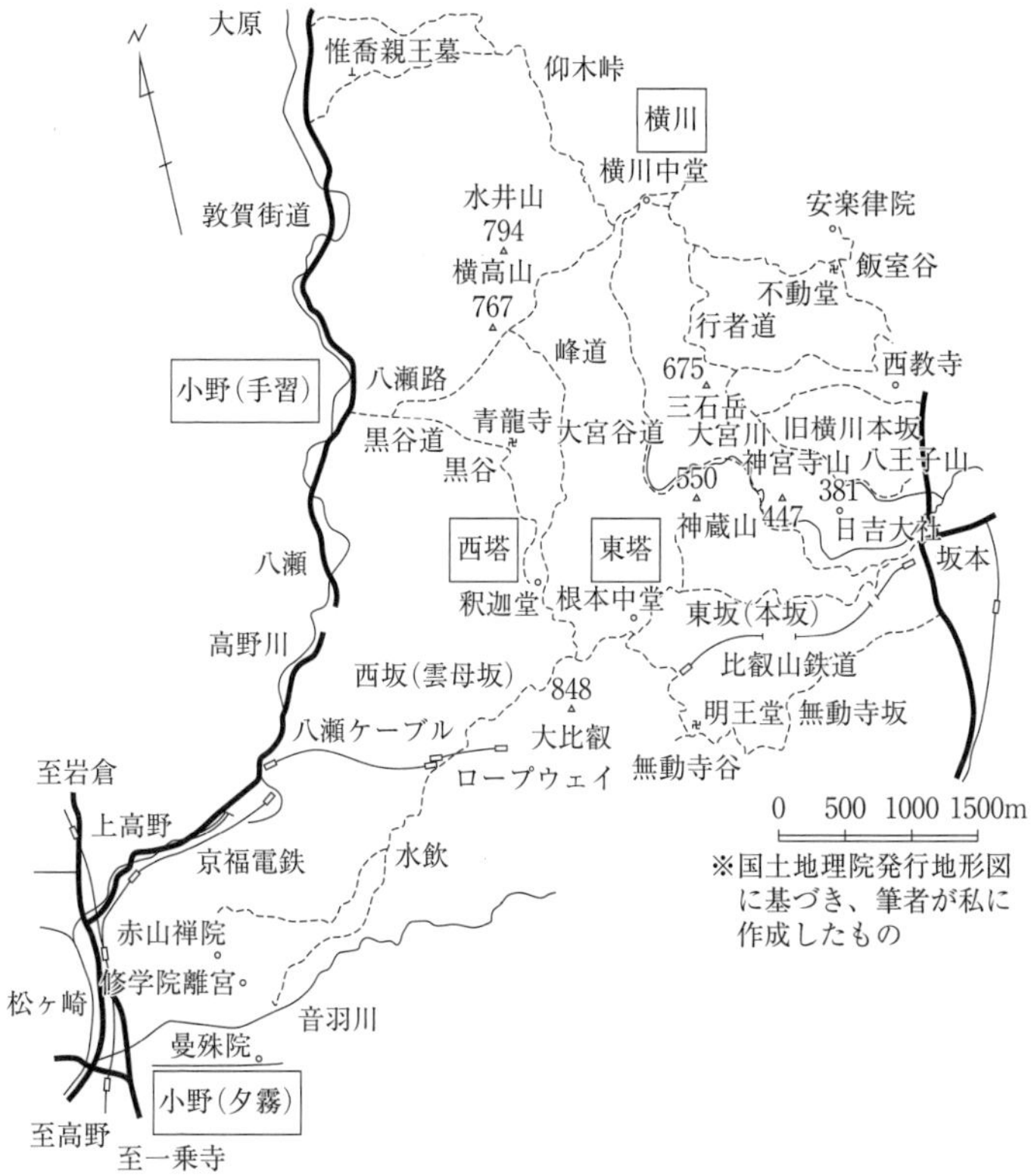

三塔（東塔・西塔・横川）周辺図

『御堂関白記』によると、寛弘六年（一〇〇九）五月、道長は比叡山に於て舎利会供養を行っているが、この時、

（十七日）丑ノ時（午前二時）登山。八瀬路ニテ東塔ニ渡ル。舎利会ヲ供養スルナリ。巳ノ時（午前十時）事ヲ初ム。…日入ル程、西坂ヨリ下ル。

と午前二時に「八瀬路」で「東塔」へ渡っている。

「八瀬路」で「東塔」に向かう場合、八瀬から東北東の方向へ登るのは、回り道になるので、八瀬から山に入って間もなくの「べんてつ観音[92]」が祀られている場所で、道を右に折れ、東南東の方向にある青龍寺に向かう「黒谷道」を辿るのが合理的である。黒谷（青龍寺）からは「西塔」を経て「東塔」に向かうことになる。このルートも、八瀬から登るということで「八瀬路」と呼ばれたらしい。

同じ時の記事が『権記』にも見え、

（十七日）遅明《ちめい》、松前《まつがさき》ノ東ヲ経テ、辰ノ刻（午前八時）西塔ノ湯屋ノ下ニ到リ、下馬。皇太后宮大夫（公任）ト同道。大夫、直チニ宿房〈慶円僧都〉ニ到リ、予、左相府（道長）御宿房ヲ詣ヅ。…相府、今日、舎利会ヲ供養スル為ニ、登リ給フ也。…午ノ初メ（午前十一時）舎利ヲ講堂ヨリ迎ヘ奉リ、総持院《そうじいん》ニ於テ供養シ奉ル也。申ノ終リ（午後五時）事了ンヌレバ、西坂ヨリ下ル。水飲ノ上方ニテ秉燭。

と、行成も、早朝、松ヶ崎円明寺《えんみょうじ》の東を経て、午前八時に「西塔の湯屋の下」に到着、そこで馬を下りている。同行していた公任は慶円僧都の房へ、行成は道長が休息している宿房へ詣でている。舎利会は午後五時前に終了、帰路は道長も行成も「西坂」で、「水飲」の上方で日が暮れ、松明を灯す時刻になったようだ。

長和元年（一〇一二）正月十六日、道長の男顕信《あきのぶ》は比叡山に登りて出家、無動寺《むどうじ》に入ってしまう。[93]『御堂関白記』によると、同年四月、道長は、比叡山東塔の無動寺に籠もる我が子顕信に会いに行く。

（五日）登山。新発（顕信）ニ会フナリ。無動寺ノ慶命《きょうみょう》僧都、食物ヲ儲ク。…巳ノ時（午前十時）登着ス。未ノ時（午後二時）還ル。…八灘（瀬）地ヨリ馬ニ乗リテ登ル。禅師《ぜんじ》坂ヨリ歩行ニテ還ル。

この時も、東塔の「無動寺」まで行くのに、「八瀬」から馬に乗り登って、帰路は「禅師坂」を歩いて下山している。同じ記事が『小右記』にも、

（五日）早旦、左府、黒谷道ヨリ登山スト云々。

（六日）資平云ク、昨日、左相府、騎馬ニテ昏谿路《くろだにみち》ヨリ登山。入道馬頭ヲ訪ハルル為ナリ。夜中、西坂ヨリ退下スト云々。

と見える。『御堂関白記』と『小右記』の記事を重ね合わせると、八瀬から黒谷へ登る道が「黒

谷道」（「昏谿路」とも表記）と呼ばれ、「西坂」が「禅師坂」と呼ばれていたことが分かる。

「黒谷道」は、その登り口、八瀬秋元町の長谷出にある脇ヶ原《わきがはら》橋辺りが標高約一六〇メートル《メートル》で、黒谷青龍寺の標高が約五六〇メートル《メートル》。四〇〇メートル《メートル》の標高差を一キロ半足らずの急な坂道を直登する大黒山の尾根道である。『源氏物語』に「こなたの道には、通ふ人もいとたまさかなり。黒谷とかいふ方よりありく法師の跡のみ、まれまれは見ゆる」とあるように、人通りの少ない道で、騎馬で登るのに好都合な道だったのだろう。

同年五月、顕信の受戒が比叡山東塔の戒壇院《かいだんいん》で行われ、道長はそれに参列するため、また比叡山に登った。『御堂関白記』には、

（廿三日）東坂ヨリ登山。梨本房《なしもとぼう》ニ付ク。新発（顕信）受戒ノ事ヲ催ス。午ノ時（正午）戒壇ニ登ル。…事了ンヌレバ退下ス。入夜、山階ノ間、深雨ニ会フ。…今朝、参上ノ間、檀那院ノ上方ニ放言ノ僧有リ。石ヲ以テ人ヲ打ツト云々。奇ト為スコト少ナカラズ。

とあり、この時は「東坂」から登っている。『小右記』翌日条には、例によって、資平の詳しい報告が記録されている。それによると、

（廿四日）資平云ク、左相府、昨日、寅刻（午前四時）許、出京〈騎馬〉。東坂ヨリ登山。卿相・殿上人・諸大夫、騎馬シテ前駆。檀那院ノ辺ヨリ石ヲ以テ前駆ニ投グ。中ノ一石、皇太后宮亮清通《きよみち》ノ腰ニ当タル。彼レ是レ驚奇シ、或ハ仰セ、或ハ叫ビテ云ク、「殿

下ノ参登シ給フそ」「何者ノ非常ノ事ヲ致スカ」ト。裸頭ノ法師五六人、出デ立チテ云ク、「こゝハ檀那院そ」「下馬所そ」「大臣公卿は物ノ故は知らぬ物か」と云々。飛礫《つぶて》十度許ト云々。一石、相府ノ馬前ニ到ルト云々。…巳ノ刻（午前十時）許、梨下房ニ到ル。…新発、法服ヲ着シ、房ヨリ出デ、戒壇院ニ向カフ。…事了ンヌレバ、申ノ時（午後四時）許、初メノ道ヲ経テ下山。途中、甚雨ニ遇フ。

と、「騎馬」で「東坂」を登り、「下馬所」である「檀那院」でも下馬しなかったために延暦寺の法師たちから投石されている。「飛礫」は十度ばかりあって、一石が道長の「馬前」までに到ったとあるので、前駆だけではなく、道長自身も騎馬で登山していたことが知られる。『小右記』廿二日条に「親昵《しんじつ》ノ卿相・雲上ノ侍臣、多ク追従スト云々」とあるように、大勢の「追従」者があったので、道幅の広い「東坂」を利用したのであろうが、下馬所で下馬しなかったのは拙かった。実資は、『小右記』廿四日条に続けて、「縦ヒ大臣・公卿なりとも髪ヲ執て引落せ」という法師の言葉を記録し、「相府ノ当時後代ノ大恥辱也」と書き付けている。受戒の儀が終わり、午後四時「初めの道」つまり往路と同じ「東坂」で下山して、途中激しい雨に遭遇している。

参列者の多寡に因るのかもしれないが、公式的な大きな仏事が行われる場合は、当然、東塔の根本中堂や戒壇院などの中心伽藍で行われることが多いこともあって、「東坂」か「西坂」が用いられるのが一般的で、非公式な個人的な事情で登山する場合は、臨機応変に「八瀬路」などの様々な参道が利用されたようである。

薫の横川への往還の道は、往路は、東塔の根本中堂で薬師仏の供養を行っているので、「東坂」あるいは「西坂」を利用して登り、帰路は、横川から「八瀬路」を下山したものであった。

三　横川の麓・返歌せぬ姫君

『源氏物語』には、この「八瀬路」を利用して京と横川を往還する人物が登場する。妹尼の昔の娘婿、中将である。「手習」で、浮舟が小野の山荘に移った後、初めて姿を見せる場面で、

あま君のむかしのむこの君、今は中将にて物し給ける、おとうとの禅師《ぜんじ》の君、僧都《そうづ》の御もとに物し給ける、山ごもりしたるをとぶらひに、はらからのきみたち、つねにのぼりけり。横《よ》川にかよふみちのたよりによせて、中将こゝに、おはしたり。（手習・二〇〇六）

と紹介されている。中将には、横川僧都のもとで弟子となって「横川」に山籠もりしている「おとうとの禅師の君」がいる。「はらからのきみたち」は、その「禅師の君」を見舞うために常に横川に登る。中将は、「はらからのきみたち」の一人として「横川」に通うついでに、小野の山荘に立ち寄るという設定である。

ところで、「横川」「おとうとの禅師の君」「はらからのきみたち」という用語が揃うと、当時

の人々なら、藤原高光の出家とその後の様相を物語る『多武峯少将物語』を思い浮かべたであろう。

廿三歳の少将高光は、父師輔の死後、妻子と幼い同母妹愛宮を捨てて、応和元年（九六一）十二月五日比叡山に登り、「横川」の良源のもとで既に出家していた「おとうとの禅師の君」（尋禅）のところで出家を敢行。物語は、村上天皇や中宮である異母姉安子をはじめとする多くの京の貴族の驚きと、愛宮や妻子など残された者の悲しみを語る。

「はらからのきみたち」は次々と「横川」に見舞いに訪れる。

五月一日に、御はらからのきみたち、破籠、具しておはしたりけるに、雨の降りたりければ、いしをぎみ（伊尹）

かかりてふよかはともへどさみだれて　いとど涙に水まさりぬる（48）

少納言（兼家）

君がすむよかはの水やまさるらむ　涙の雨の止むよなければ（49）

右衛門佐（忠君）

草深き山路を分けてとふ人を　あはれと思へど跡ふりにけり（50）

宮権亮（兼通）

いづくへも雨のうちより離れなば　横川に住めば袖ぞ濡れます（51）

となむ。　　　　　　　　　　　　　　　（二一・一九四）

異母兄弟の伊尹・兼家たちは「涙」を詠みながらも、高光出家後もう半年近く経った時期であるからか、弁当の「破籠」を携え、どこか行楽気分も感じられる。男の「はらからの君たち」は、こうして横川に登れるが、女の「はらから」、特に深い悲しみの中にいる同母妹の愛宮や残された高光の妻は、女人禁制の比叡山には入れず、その悲しみを鎮める術がない。

尼には誰もなるとも、同じ山には入らざらむこそかひなけれど、横川の麓までだに、と思うたまふるに、それも難くや。　　　　　　　　　　　　　　　（二一・一七二）

妻は夫の後を追って自分も尼になりたいと思うが、たとえ尼になっても、夫のいる比叡山の横川には入れないのである。せめて「横川の麓」まで行きたいと思うが、貴族の姫君にとってはそれも容易なことではない。

あはれなる人の住み給ふらむ横川を渡りて、御かげをだに見るまじくとも、猶ほ背きても、行ひ侍らまほしきを…　　　　　　　　　　　　　　　（二一・一七二）

それでも妻は繰り返し、愛しい夫の住んでいらっしゃるという横川に行って、せめてもう一度そのお姿を拝見したい。たとえお姿が拝見できなくても、夫と同じように出家して仏道修行に励みたい、と思うのである。

愛宮と高光の妻の贈答歌、

いづくにもかくあさましき憂きよかは　あなおぼつかな誰に問はまし（3）
なかれても君すむべしと水の上に　憂きよかはとも誰か問ふべき（4）

などを見ると、良源や源信の活躍によって宗教的聖地となりつつあった「横川」という地が、文学地名としても貴族社会に浸透していく過程が窺え、その過程において『多武峯少将物語』が大きな役割を果たしたことは疑いない。出家した高光は、出家の翌年、八月には多武峯に移住する（多武峯略記）ので、高光の横川在住期間は十ヶ月にも満たない。『多武峯少将物語』には、高光の多武峯時代は全く語られず、出家して横川に籠もる高光と残された者の悲しみだけが語られいて、「すべてすべて言ひ尽くすべくもなく、いみじくあはれになむ」と語り終えられてしまう。(94)この物語に内包されている横川と京との異相の問題、語られなかった出家後の問題を、『源氏物語』の作者は女の出家の問題に転換し、「横川の麓」小野で尼になった浮舟の物語のなかで語り直そうとしたのではあるまいか。

『多武峯少将物語』は、京から隔絶された横川に分け入った高光と、残された妻子や幼い同母妹愛宮の「あはれ」を中心に語られるが、注意深く読めば、高光の出家で夫不在となった妻「姫君」の前に現れる懸想人の存在も確認できる。

さて、この姫君に、はやうより心かけきこえたりし人も、とぶらひけり。それが聞こえ給ふ。「…まろこそ、昔、山住みはせんと思ひしか。人に物思はせたまへりし報いと思しめせ

よ。まめやかには、山に住み給ふよりも、とまりて独り寝したまふころ、いかに眠たからず思すらむ、と思ひたてまつりて、

声高くあはれと言はば山彦の　あひこたへずはあらじとぞ思ふ」（40）

よしづいてとて、返り事したまはず。悲しさぞまさりける。

又、ほど経て、

大和なる耳なし山の山彦は　呼べどもさらにあひもこたへず（41）

こたみも、「とりいるる人を見まほし」とて、泣い給ふ。（一六・一八六）

あなたの夫の出家は、あなたが昔、私に冷たい態度をとった「報い」だと冗談を言い、独り寝のあなたは、寂しさで眠れない夜を過ごしているだろうから、あなたさえその気なら、いつでも私はあなたの気持ちに応えますよ、と、『古今和歌集』の「打ちわびてよばはむ声に山びこのこたへぬ山はあらじとぞ思ふ」（恋一・五三九）を踏まえて、男は歌を詠みかけてくる。その懸想めいた態度が嫌で、女は返歌をしない。男は、自分の呼びかけに返歌して来ない「姫君」を「耳なし山の山彦」に擬えて再び歌を贈ってくるが、女はやはり返歌せず、「こんな歌を受け取って私に取り次ぐ女房の顔が見たい」と、悲しく涙に暮れる。

また、高光の異母兄で、師輔の次男兼通（九二五～七七）も、『多武峯少将物語』ではあまり良い役回りを演じない。次は、当時、中宮権大夫で三十八歳だった兼通が高光の妻を訪ねる場面。

宮の権大夫の、殿にて人たまへるついでに、夜さりつかた、月のほのかなるに、立ち寄りたまへり。「…いかにぞや、山人は忍びて下り給ふや。あいなく、

あしひきの山より出でん山彦は　杣山水に音せざらなん　(45)

と聞こえ給へば、「いとうれしく、立ち寄りて、問はせ給へるを、初めはうれしかりつれども、後の御ことばに、さしあやまちて、いとどしく、さまも見えて」とて、歌の返しは、聞こえ給はず。

（一九・一九〇）

月の仄かな夜に立ち寄った兼通は、出家した高光が横川からこっそりと下山してくることはないかと言葉をかける。その言葉には、そんなことがあればよいのに、という意味ではなく、あなたのお世話は、私がこれから責任を持ってするから、高光のことは忘れなさい、というやはり懸想めいた意味合いがこもっていた。妻は、そのことに気がつき、「初めは、立ち寄ってくださってうれしく思いましたけれども、後のお言葉によって、それが私の誤解だ気づいて、あなたのいいかげんな態度が見えて、いっそう悲しくなりました」と言って、返歌をしない。

相手の懸想めいた態度を嫌悪し、返歌をしない姫君。それは、『源氏物語』の最後の舞台「横川」の麓、小野の山荘に身を隠す浮舟にも引き継がれる現象である。

横川からの帰路、小野の山荘にまた立ち寄った中将は、畳紙に、

あだしの丶風になびくなをみなへし　われしめゆはんみち遠くとも

（手習・二〇一二）

と歌を書いて、浮舟に届けた。中将にとって浮舟は、横川で「おとうとの禅師の君」にその存在については聞いたが、まだ素性のよく分からない姫君である。「いかなる人にかあらむ。世中をうしとてぞ、さる所にはかくれゐけむかし。昔物がたりの心ちもするかな」（手習・二〇一一）と勝手な想像によって、求婚の歌を贈る。妹尼は、「此御返りかゝせ給へ。いと心にくきけつき給へる人なれば、うしろめたくもあらじ」（同・二〇一二）と、返歌を促すが、浮舟は、全く聞き入れない。

三回目の中将の小野来訪は、八月十日過ぎ。「小鷹狩」を口実にした。「なにごとも心にかなはぬ心ちのみし侍れば、山ずみもし侍らまほしき心ありながら、ゆるい給まじき人々におもひさはりてなむすぐし侍」（同・二〇一三）と自分も「世の中を憂し」と思う人間であることを強調し、

松虫のこゑをたづねてきつれども　また萩はらの露にまどひぬ　（同・二〇一四）

と歌を詠みかける。妹尼は、返歌を求めるが、浮舟は、「さやうに、よづいたらむこと、いひいでんも、いと心うく、又いひそめては、かやうのを《お》り〳〵にせめられむも、むつかし」（同）と思って、中将への返歌はもちろん、妹尼への返事さえしない。

四　小野の山里

世の中に頑に背を向けようとする浮舟が身を置いていたのは、横川の麓「比叡坂本《ひえさかもと》」（手習・一九九七）にある小野という山里であった。そのことの意味は大きい。小野は、

むかしの山ざとよりは、水のおと《を》も、なごやかなり。（手習・二〇〇四）

と宇治で傷ついた心を癒すのにふさわしい空間で、

つくりざまゆゑ《へ》ある所、こだちおもしろく、前栽《せむざい》もをかし《お》く、ゆゑ《へ》をつくしたり。秋になり行ば、空のけしきもあはれなり。門田のいねかるとて、所につけたる物まねびしつゝ、わかき女どもは、うたうたひ興《けう》じあへり。引板《ひた》ひきならすおと《を》もをかし《お》く、みしあづまぢのことなども思ひいでられて。（同・二〇〇四）

と郷愁を誘う場所であった。同じ小野の山荘でも、「夕霧」に、

宮す所、ものゝけにいたうわづらひ給て、小野《をの》といふわたりに、やま里もたまへるに、わたりたまへり。はやうより御いのりの師《し》に、ものゝけなど、はらひすてける律師《りし》、山ごもりして里にいでじとちかひたるを、ふもとちかくて、請《さう》じおろし給ゆゑ《へ》なりけり。（夕霧・一三〇九）

と見える「小野」は、「西坂」（禅師坂・雲母坂）の麓らしく、

かぜのいと心ぼそう、ふけゆく夜のけしき、むしのねも、しかのなくねも、たきのお《を》とも、ひとつにみだれて、艶《えむ》あるほどなれば…　（同・一三一七）

と音羽の滝の近くで、夕霧の落葉宮への恋の舞台となる場所だったが、浮舟が横川僧都の妹尼に連れて来られた小野の山荘は、

かの夕ぎりの宮す所のおはせし山里よりは今すこしいりて、山にかたかけたる家なれば、まつかぜしげく、風の音もいと心ぼそきに、つれ〴〵にお《を》こなひをのみしつゝ、いつとなくしめやかなり。　（手習・二〇〇四）

とあるように、さらにもう少し山深く入った「横川の麓」とも言える八瀬の地で、「行ひをのみ」するのがふさわしい場所で、もう恋の舞台にはならないような空間であった。

もちろん、恋情を断ち切るのはそんな簡単なことではない。浮舟は、小野の山荘を訪れる「としㅤ廿七、八の程にて、ねびとゝの」（手習・二〇〇七）った「あてやかなるおとこ」（同・二〇〇六）中将の姿を見て、かつて宇治の山荘に忍び通ってきた薫を「さやかに」（同・二〇〇七）思い出してしまう。出家の願いが叶って「おこなひもいとよくして、法華経はさら也、こと法文《ほうもん》なども、いとおほくよみ」（手習・二〇四〇）ながらも、やはり、

春のしるしもみえず、こほりわたれる水の音せぬさへ心ぼそくて、「君にぞまどふ」との給

し人は、こゝろうしと思はてにたれど、猶そのをり《お》などのことはわすれず、

かきくらす野山の雪をながめても　ふりにしことぞけふもかなしき　（手習・二〇四〇）

や、

ねやのつま近き、こうばいの色も香もかはらぬを、春や昔のと、こと花よりも、これに心よせのあるは、あかざりしにほひの、しみにけるにや。後夜《ごや》に閼伽《あか》たてまつらせ給。下臈《げらう》のあまの、すこしわかきがある、めしいでゝ花をら《お》すれば、かごとがましくちるに、いとゞにほひくれば、

袖ふれし人こそみえね　花の香のそれかとにほふ春の明ぼの　（同・二〇四一）

のように、宇治の山荘での匂宮や薫との逢瀬の思い出が甦ってくるのである。

浮舟は、薫の家人だった「おほあま君のむまごの紀伊守《きのかみ》」（同・二〇四二）の小野来訪により薫や匂宮の動向を知り、一方、薫は、明石中宮付きの女房で、薫の召人「小宰相《こざいしやう》」（同・二〇四七）から浮舟の話を聞かされることになる。

浮舟は、薫一行が横川から下山する松明の光を眺めて「のどかならぬ」心のざわめきを感じるが、やはり「世づかぬ」態度を貫こうとする。薫が小君に届けさせた、

法《のり》の師《し》とたづぬるみちをしるべにて　おもはぬやまにふみまどふかな　（夢浮橋・二〇六八）

に対して、浮舟はやはり返歌を拒み、「うちなきてひれふ」（同・二〇六九）すばかりである。

出家をしても、高光のようには山に入れず、山の麓で男の誘惑に耐えなければならない女。「おもはぬやまにふみまどふかな」という『源氏物語』の最後の歌となった薫詠や、返歌をしない浮舟に対する「人のかくしすゑ《へ》たるにやあらん」（同・二〇七〇）という薫の邪推は、男と女の溝の深さを表していて、物語作者の虚無的な絶望の表現であったろう。「横川の麓」まで辿り着いた浮舟は、そこから前にも進めず、後にも戻れない。そんな八瀬の地で物語は終焉している。

注

高光出家の波紋

（1）村上天皇の皇后安子（九二七～六四）は、高光の異母姉であった。その立后は、天徳二年（九五八）十月廿七日。安子は、冷泉天皇・円融天皇・為平親王・承子内親王・輔子内親王・資子内親王・選子内親王の母である。

（2）村上天皇の異母姉の雅子内親王（九一〇～五四）が高光の母であった。また、村上天皇の同母姉の康子内親王（九一九～五七）も、師輔室となって北宮と呼ばれた。ただし、師輔室となったこの村上天皇の姉たちは既に故人だったし、師輔も前年五月四日、五十三歳で薨去していた。

（3）『古本説話集』（一一三〇年頃成立、引用は梅沢本）には「いまは昔、たかみつの少将と申たるひと、すけし給たりければ、あはれにも、やさしくも、さま〳〵なることゞも侍けり。なかにも、御門の御せうそこつかはしたりけむこそ、かたじけなく、「おぼろけならずは、御心もみだれけんかし」と、人申ける。／みやこよりくものうへまでやまの井の よかはのみづはすみよかるらむ／御かへり／こゝのへのうちのみつねにこひしくて 雲のやえたつ山はすみうし／たうのみねに、のちにはすみ給し也。九条どのゝ御子」（上・三〇）とある。なお、『新古今和歌集』（一二〇五年奏覧）には「少将高光、横河にのぼりて、かしらおろし侍りにけるを、きかせ給ひて、つかはしける　天暦御歌／都より雲の八重たつおく山の 横河の水はすみよかるらむ／御返し　如覚／百城の内のみつねに恋しくて　雲の八重たつ山はすみうし」（雑下・一七一八、一七一九）と入集し、村上天皇の贈歌の第二・三句は、「雲の上まで山の井の」と「雲の八重立つ奥山の」と大きく対立し、高光詠も初句に「ここのへ（九重）」と「ももしき（百敷）」の本文の異同がある。この点については、拙著『高光集と多武峯少将物語』（風間書房・二〇〇六年）一六三、四頁参照。

（4）『蜻蛉日記』天禄二年（九七一）十二月条で、道綱母は兼家から「雨蛙」と「尼帰る」を掛けて「あまがへる」というあだ名を付けられている。

（5）桃園は『二中暦』第十・名家に「一条大宮、園池以東并北、…師氏大納言之家…」（改定史籍集覧・一八六頁）とある。

（6）底本の行間に、定家筆の注「愛宮、俊賢卿母卒去之後、又入西宮左大臣室、生高松上経房卿」がある。臣下の女でありながら愛宮と呼ばれたのは、母雅子内親王の縁か。

（7）高光室の長歌を現代語訳すると、次の通り。「あなたが植えたのか、それとも私が育てたのか、撫子が二葉三つ葉に芽を出したのを、風に当てないでおこうと思っています。そのナデシコが花の盛りになるまで、何とか大きくしたいと思いますが、露の命はそれまでもちこたえられないように思います。今にも消えてしまいそうな心地ばかりがして、常に乱れる玉の緒のようなこの命は、絶えてしまいそうに思われます。物の数にも入らない我が身なのに、あきれるくらい多くのことを思い出して、あなたのことばかり考えています。あなた以外に恋ということも知らない、老いた我が身は、あなたを偲ぶことがずっと続いているのです。あなたは長い期間、私のところに通って来て共寝していらしたのに、今ではあなたのいない独り寝の寝床です。そんな枕元を、あなたにはホトトギスになって、訪ねて来て鳴いてほしいのです。お互いが望んでいることをいろいろと語り合いましょう。俗世を疎ましく思い、あなたが入ってしまった山の、せめてその山の川の水が流れる音だけでも聞きたく思いますのに、子どもに絆されて、この俗世に私は住み続けています。あなたと出会い、その結果、子どもが生まれていなかったら、常に抱いている離俗の思いに従い、あなたとは別々であっても、きっと出家するでしょうに」。

（8）高光の長歌を現代語訳すると、次の通り。「あなたと一緒に撫でて育てたナデシコが、露にも当たらないようにと思っていましたが、ああ、気がかりなことです。目に見えない風に、花が今当たっているのではないかと思うと、ほんとうに心配です。出家した今も見たいと思いながら寝るので、夜の夢に可愛がって育てた我が子の姿が現れるのではないかと期待してまどろみますが、現れることはありません。限りなく恋しい折は、面影にあなたが見えても心が慰みます。何か昔を思い出させるものがあると、それこそほんとうに都を忘れることなどありません。遥かに遠い山に住んでいますが、束の間もあなたと子どものことは忘れず、遠い所から思いやっています。身近に住んでいた昔に劣ることはありません。ああ、慕わしいとずっと偲んでいます。忍草が私の住むみ山にも、麓まで生えていることを、知ってほしく思います。白川の淵もいつ瀬となるか分かりません。だから、ひたすらあなたにとって、この世がつらく憂鬱なものとは限りません。時が経てばうれしいことにも出会うでしょう」。

（9）師氏は家集『海人手子良集』にも「いのり」という題で「さざれ石に生ひん世まつにすをつくる　たづのひなにも君はすみなん」（七五）と「鶴の雛」を詠んだ一首がある。ただし、第四句「たづのひなにも」

は、片桐洋一・三木麻子他『海人手子良集 他 新注』（青簡舎・二〇一〇年）による整定本文で、諸本「たつのひなきも」もあって意味の通じない箇所である。

高光から源氏物語へ

(10) 注（3）拙著・解説参照。
(11) 本書所収「すくせ考」参照。
(12) 拙稿「源氏物語「ほだし」淵源考」（「國語と國文學」第七十五巻七号、拙著『隠遁の憧憬』和泉書院平成16年1月、所収）参照。
(13) 別冊國文学No.56小町谷照彦編「源氏物語を読むための基礎百科」（学燈社・二〇〇三年）。
(14)『うつほ物語』蔵開中には、十二月、仲忠が宮中で宿直するに際し、女一宮に手紙を送り、防寒用の衣装の一つとして「六尺ばかりのふるき（黒貂）のかはぎぬ（裘）」（新編日本古典文学全集15・小学館、四五一頁）を届けさせている。
(15) 高光の孫娘に当たる常陸宮昭平親王の姫君は、『栄花物語』には「このひめぎみ〈昭平親王女〉、いみじう、つくしうおはするを…ひめ君の御ありさま、いみじう、つくしければ」（みはてぬゆめ・一四二、三頁）「いみじうめでたし…ものきよくおはします」（ひかげのかづら・三三八頁）、『大鏡』には「いとあてにおはす」（頼忠伝）と見え、上品・清純・可憐な美人だったらしい。
(16) 坂本共展「末摘花と空蝉」（源氏物語の鑑賞と基礎知識「蓬生・関屋」至文堂・二〇〇四年）には、「蓬生巻は他の登場人物とは異なる末摘花の内面の美しさが、読者の琴線に触れる」として、「末摘花の魂の純粋さ」「心の気高さ」「何物にも動かされない胸奥の誇り」「貧しさにも、女房達の訴えにも、親身の叔母の招きにも、決して負けずに貫いた自己の強さ」が、現実の常陸宮昭平親王の姫君に由来するのではないか、という興味深い考察が見える。

(17) 注（3）拙著・一一五頁参照。

(18) 清水婦久子「源氏物語の成立と巻名」（『源氏物語の展望』第九輯、三弥井書店・二〇一一年）は「源氏物語の作者は、「いかでか」の歌を高光作として取り入れた」とする。なお、同論は、高光に限らず、源氏物語の成立を文化圏という観点で、より大きな視野から論じている。

(19) 『高光集』の伝本は、四十三首本が基本単位になっている。注（3）拙著・二七八頁参照。

(20) 『新古今和歌集』雑下・一七一九に入集。注（3）参照。

源成信論

(21) 『権記』長保三年（一〇〇一）二月四日条に見える成信の出家時の年齢を廿三歳とする記録から逆算する。

(22) 『尊卑分脈』は「天元三五十一出家」「長久二二廿薨九十一才」とするが、天元三年は九八〇年、長久二年は一〇四一年であり、六十一年間の隔たりと、出家から薨去までの四十年間の歳月とが合わない。「天元三」は『日本紀略』に従い「天元四」とし、薨去時の年齢「九十一歳」に合わせ、出家時を「三十一歳」とする。出家時の年齢「五十一歳」に合わした場合、致平親王は村上天皇の六歳と時の皇子ということになってしまい、あり得ないからである。

（23）『新編私家集大成』CD-ROMに拠る。『冷泉家時雨亭叢書　平安私家集三』（朝日新聞社・一九九五年）所収「元輔集」三五ウ。宮内庁書陵部蔵（五〇一・一二六）本（『私家集大成　中古Ⅰ』所収本）の親本。なお、書陵部蔵（五一〇・一二）御所本には一三六番歌は無く、正保版本「歌仙家集」の詞書では、一三六番歌は「兵部卿宮入道して侍しに」一三七番歌は「兵部卿の御子の入道して侍しに、中務のよみて侍し歌の返し」となっており、それぞれ致平親王の出家した天元四年（九八一）五月十一日、その子源成信の出家した長保三年（一〇〇一）二月四日の作ということになるが、元輔は永祚二年（九九〇）に既に没しており、あり得ない。一三六番歌と一三七番歌は、一組の贈答歌と見るのが自然であるので、冷泉家本に従う。

（24）『権記』長保二年十二月廿三日条に「於三井寺奉謁入道三宮（致平親王）」同三年二月十四日条に「自内退出、与蔵人弁赴三井寺、相謁両入道亜将（成信・重家）、又奉謁入道宮（致平親王）」の記事が見える。

（25）加納重文『名月片雲無し　公家日記の世界』（風間書房・二〇〇二年）は道長と左大臣源雅信女倫子との結婚を「父兼家の意向に添った政略的な結婚」（六八頁）に道長が従ったものと推測している。

（26）『公卿補任』から続けて道長の官位を拾うと、次の通り。

正暦四年（九九三）廿八歳　権大納言従二位
　五年（九九四）廿九歳　権大納言従二位
　六年（九九五）卅　歳　右大臣　従二位　六月十九日任　氏の長者となる
長徳二年（九九六）卅一歳　左大臣　正二位　七月廿日任

(27) 最終的に右大臣従一位にまで昇進した頼宗でさえも、正室腹である兄頼通はもちろん、三歳年下の教通にも終生昇進を先んじられ、複雑な感情を抱いていたらしい。それは、『続古事談』二に「和歌ノ事中テハ、コレ（頼通）ハエシロシメサジ。頼宗コソシリテ侍レトテ、イタジキヲ扇ニテタ、カレケレバ、宇治殿（頼通）ワラヒ給ケリ」というエピソードが伝えられていることによって十分に推察されるし、頼宗の検非違使別当時代、父道長の介入を怒って職を辞そうとしたこと（『小右記』寛仁三年十一月十六日条）、また父の政敵であった藤原伊周女を室にしたことなどによっても窺われるのである。

(28)『枕草子』の引用は、三巻本第一類の陽明文庫本「清少納言枕双紙」（陽明叢書国書篇10、思文閣・一九七五年）に拠り、その頁数を示す。仮名には、濁点を付して歴史仮名遣いに統一し、最小限、漢字を当てる。その場合、陽明本の仮名を傍記し、陽明本の様態がわかるように配慮する。また、適宜、句読点・括弧を付し、意味をとり易くした。陽明本の欠損部については、第二類の大東急文庫蔵本（古梓堂文庫本）（日本古典文学会から複製・一九七四年）に拠り、同様の処理を行う。

(29) 兼資についての考証は、増田繁夫『枕草子』（和泉書院・一九八七年）の補注三八〇（三一八頁）に詳しい。

(30) 成信と藤原在衡の関係を含む本稿に係わる系図は次頁の通り。

(31) 例えば、長徳三年八月一日の相撲御覧の記録。左少将重家・右権中将経房等が出居を務め、「民部権大輔成信朝臣」は東宮（居貞親王、後の三条天皇）に饌を供している。また、同年十二月十三日の方忌（方違）の記録。行成は内裏から三条の自邸に帰らず、「民部権大輔（成信）」の宅に宿している。行成は道長

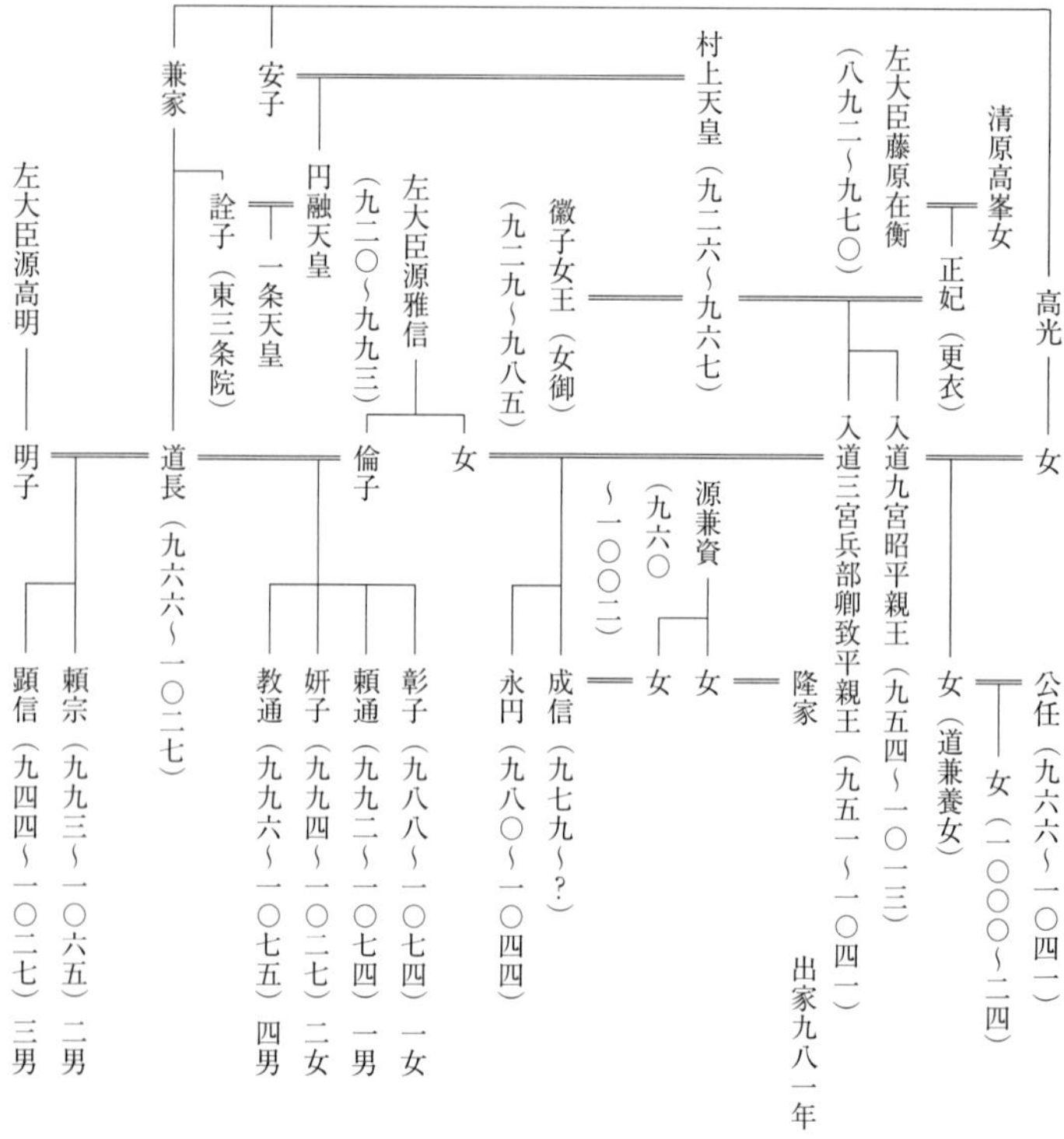
清原高峯女
高光
女
公任（九六六～一〇四一）
女（一〇〇〇～二四）
左大臣藤原在衡（八九二～九七〇）
正妃（更衣）
女（道兼養女）
入道九宮昭平親王（九五四～一〇一三）
入道三宮兵部卿致平親王（九五一～一〇四一）
隆家
出家九八一年
村上天皇（九二六～九六七）
源兼資（九六〇～一〇〇二）
女
女
徽子女王（女御）（九二九～九八五）
成信（九七九～?）
永円（九八〇～一〇四四）
左大臣源雅信（九二〇～九九三）
女
倫子
彰子（九八八～一〇七四）一女
頼通（九九二～一〇七四）一男
妍子（九九四～一〇二七）二女
教通（九九六～一〇七五）四男
安子
円融天皇
詮子（東三条院）
一条天皇
兼家
道長（九六六～一〇二七）
左大臣源高明
明子
頼宗（九九三～一〇六五）二男
顕信（九四四～一〇二七）三男

を心服し、その猶子成信に親近感を抱いていたのである。蔵人頭であった行成は廿六歳で、成信より七歳の年長である。

(32) 加納重文氏は、注(25)の著書で、「「已に官爵を極む。世を見るに望み無し」として、清廉に俗世を離れようとする姿は、どうみても権勢に執着する者のそれではない」(七四頁)とされる。

(33) 原文は新日本古典文学大系『本朝文粋』(岩波書店)に拠る。私に訓読して示す。

(34)『権記』長保二年(一〇〇〇)三月十七日条に、律師定澄を興福寺の別当に補すべき由が奏上されたことが記されている。

(35) 関口力「藤原成房・源成信の出家をめぐって」(「古代文化」三十五ノ六・一九八三年)に拠る。

(36) 例えば、『権記』によると、長保元年十月廿二日、道長家の御読経始のために、行成・成信・成房が同車して参列したり、同二年九月十日、行成・成信が白川寺に詣でて入道中納言(義懐)に謁見し、病気でこの寺に籠もっていた成房を訪ねたり、同年十月十七日、弾正宮(為尊親王)に詣でた後、行成・成信・成房が同車し参内したりという具合である。

(37) 公任は、その四、五年前の長徳二年(九九六)十二月から同三年七月までの間に『拾遺抄』を撰集し、『拾遺抄』を花山院に奏覧していた。よって、『拾遺抄』には同歌は見えない。同歌が入集するのは、『拾遺抄』十巻が花山院近臣の助力を得て『拾遺和歌集』廿巻に増補された時であって、

法師にならむとていでける時に、家にかきつけて侍りける　　慶滋保胤

うき世をばそむかばけふもそむきなん　あすもありとはたのむべき身か　(一三三〇)

題しらず　　　　　　　　　　　　　　　　　　よみ人しらず

世の中に牛の車のなかりせば　思ひの家をいかでいでまし　　　　　　（一三三一）

法師にならんとしけるころ、雪のふりければ、たたうがみにかきおきて侍りける　　　　藤原高光

世の中にふるぞはかなき白雪の　かつはきえぬる物としるしる　　　　（一三三二）

服に侍りけるころ、あひしりて侍りける女の、尼になりぬときて、つかはしける　　　　よしのぶ

すみぞめの色は我のみと思ひしを　うき世をそむく人もあるとか　　　　（一三三三）

返し　　　　　　　　　　　　　　　　　　よみ人しらず

すみぞめの衣と見ればよそながら　もろともにきる色にぞ有りける　　　（一三三四）

少納言藤原統理に年ごろちぎること侍りけるを、志賀にて出家し侍るとききて、いひつかはしける　　　　右衛門督公任

さざなみやしがのうら風いかばかり　心の内の涼しかるらん　　　　　（一三三六）

のような、出家者自身の出家直前の詠歌から、知人の出家を聞いての贈歌へ、という歌群が『拾遺和歌集』に形成される時に公任詠も加えられたのである。

なお、『拾遺和歌集』の詞書には行成の官位が「左大弁」と記されているが、『拾遺和歌集』が編纂時点における官位を正確に記載し、現存のテキストがそれをそのまま伝えているとすれば、行成が「左大弁」

に任ぜられるのは寛弘二年（一〇〇五）六月十九日であるので、『拾遺和歌集』の成立はそれ以降ということになる。また、寛弘四年（一〇〇七）一月廿八日に、道綱が春宮大夫から東宮傅に任ぜられて、道綱の後任として懐平が左兵衛督から春宮大夫に任ぜられたが、『拾遺和歌集』においては、道綱に「東宮傅」が付くこともないし、懐平に「春宮大夫」が冠せられることもない。それゆえ、寛弘四年（一〇〇七）一月廿八日が『拾遺和歌集』成立の下限と考えられている。

(38) 新日本古典文学大系『拾遺和歌集』（岩波書店・一九九〇年）の小町谷照彦氏の脚注による。下の句「いつをいつとて過ぐすなるらん」の解釈は「いったいこの私は、むなしい世の中に、いつをいつと言って人生の区切りとするあてどもなく、うかうかと日々を過ごしているのだろうか」。増田繁夫『拾遺和歌集』和歌文学大系（明治書院・二〇〇三年）は、「いつをいつとて」に「いつを自分の出家する時だと考え、いつまでの命だと思って」と脚注する。

(39) その後、廿年以上の歳月が過ぎ、『公任集』がまとめられる時には、「なりのぶの中将、すけしてのつとめて、左大弁ゆきなりの、よのはかなきこと聞え給へりけるに」という詞書が添えられた。成信の出家の翌朝、行成が世の儚さを公任に漏らした言葉に対する返事として詠まれた歌とされたのである。その歌も、

思ひしる人も有りける世の中に　いつをいつとて過ぐるなるらん　（二二六）

と、逆接の概嘆性の高い「を」ではなく、説明的で平板な「に」にされてしまった。「過ぐる」「過ぐす」の異同も、榊原政春氏蔵本は「過ぐる」だが、『公任集』でも本居文庫本・尊経閣文庫本・神宮文庫本・益田勝実氏蔵本・類書類従本（版本）では「過ぐす」で、やはり「過ぐす」とあるべきところ。平安時代に

おいては、『拾遺和歌集』ではなく、『拾遺抄』が勅撰集と考えられていたため、『拾遺抄』に見えない同歌は『後拾遺和歌集』に再録された。ただし、その詞書は「世をそむく人々あまた侍りける頃」（雑三・一〇三一、前大納言公任と成信などの固有名詞が消える。これを受け継ぐのが『今昔物語集』で「世中ヲ背ク人々多ク有ケル比（コロホヒ）、大納言此（カ）ク読ケル」（巻二四・三四）とされる。しかし和歌の本文は、『後拾遺和歌集』では「世の中を―過ぐす」、『今昔物語集』では「世ノ中ニ―スゴス」である。

（40）同歌群は、公任と成信から返歌することを譲られた恒久阿闍梨の三回の贈答で、六首から成る。以下の五首を挙げておく。

あるじのあざりにゆづり給うければ

紅葉ばにとめし心は松の葉の　みどりも共にかはるよもあらじ　（一四八）

またこれより

おつる葉のつねならぬよにいかでかは　松のみどりに心そむらん　（一四九）

あざり

君が世をながたにの松露のよに　心をかくる梢なればぞ　（一五〇）

これより

松の雪消えかへりつつ君がため　千年をへても我をつかへん　（一五一）

あざり

のりの玉いとどふかくぞおもほゆる　水も心もすめるながたに　（一五二）

(41)『公任集』には「世をそむきてながたにに侍りける比、入道中将のもとより、まだすみなれずや、など申したりければ／谷風になれずといかが思ふらん 心ははやくすみにしものを」(五五二)と見え、『栄花物語』には「かゝるほどに、三井寺より入道の中将、きこえ給へりける／まだなれぬみやまがくれにすみそむる たにのあらしはいかゞふくらん／とあれば、ながたにの御かへり／たに風になれずといかゞおもふらんこゝろははやくすみにしものを」(巻廿七、ころものたま)と見える。なお、この「入道の中将」を、成信の法名が「永円」であるとし、「永円」とする説があるが、『権記』長保四年八月十四日条に「永円君ニ逢ヒ、中将(成信)ノ安否ヲ問フ」とあり、二人は『尊卑分脈』が示す通り兄弟である。「永円」は、『栄花物語』が語る通り、「小さうより法師になしたてまつりて、宮(父の兵部卿宮致平親王)のおはします同じ所にぞおはしましける」という人物であろう。

源氏物語の仏教思想

(42)新日本古典文学大系『源氏物語』(岩波書店)の脚注(藤井貞和)に「修験から念仏への時代の推移がここに見られるかと言われる」とある。

(43)「ひえの法花堂」とは、最澄(七六七〜八二二)が比叡山を開くにあたって、中国の智顗(五三八〜五九七)の『摩訶止観』に倣って構想した四種三昧院の一つ、弘仁三年(八一二)に建立された、比叡山延暦寺の法華三昧堂である。『山門堂舎記』(群書類従所収)によると、檜皮葺の五間四方の建物で、堂上には金銅の如意宝形があり、堂内には高さ三尺の金銀の多宝塔一基があり、多宝仏一体と妙法蓮華経一部が安置されていたという。『源氏物語』では「経、仏の飾りまでおろかならず、惟光が兄の阿闍梨いと尊き人にて、二なうしけり」（夕顔・一四三）と、惟光の兄の阿闍梨が比叡山に住む高僧なので、夕顔の四十九日の法事が比叡山延暦寺の法華三昧堂で行われたという設定になっているのである。

(44)『紫明抄』には「葬送以前無音（言）念仏」とあり、これに従えば、声を立てない念仏である。死者が念仏を聞くと、蘇生できる者もその声を恐れて蘇生できなくなるという。

(45)『往生要集』の引用は、『最明寺本往生要集』譯文篇（汲古書院・一九九二年）による。

(46)『観無量寿経』に基づくものであったとすれば、阿弥陀仏を中央にして、左方に観音菩薩、右方に勢至菩薩を配した阿弥陀三尊像であったはずで、現存する遺例で見ると、法隆寺には、光明皇后の母、橘三千代の念持仏と伝えられる、七世紀末から八世紀初めにかけて制作された阿弥陀三尊像（国宝）がある。池から生い出る蓮華の上に坐すという優雅な意匠である。仁和寺には、宇多法皇の念持仏と考えられる、量感豊かな貞観彫刻の阿弥陀三尊像（国宝）がある。仁和寺の阿弥陀仏は定印を結ぶが、定印を結ぶ阿弥陀仏は平安後期になって流行するもので、平安前期では珍しく、現存最古の遺例とされる。大原三千院の往生極楽院には、阿弥陀仏が来迎印を結び、脇侍が跪いてやや前かがみに坐る阿弥陀三尊像（国宝）が安置されている。平安中期以降の浄土教の発達に伴って制作されるようになった、観音菩薩が蓮台を捧持し、勢至菩薩が合掌する典型的な来迎形式の像である。この勢至菩薩像の像内には久安四年（一一四八）の墨書が見つかっている。

(47)『村上天皇御記』は、所功編『三代御記逸文集成』（国書刊行会）により、私に訓読して示す。以下同様。

(48)『日本紀略』天徳四年九月廿三日条に「今夜、亥三剋、内裏焼亡ス。火、宣陽門ノ内方ノ北掖陣ヨリ出ヅ」とあり、「累代ノ珍宝、多ク以テ焼失ス」とある。この時「累代ノ珍宝」の一つ「白檀ノ観音像」も焼失したのであろう。

(49)三橋正『平安時代の信仰と宗教儀礼』(続群書類従完成会・二〇〇〇年)参照。以下、本稿は同書に教えられた所が多い。

(50)長井久美子「『源氏物語』と仏教美術」『源氏物語の鑑賞と基礎知識』№39「早蕨」(至文堂・二〇〇五年)所収には、「白檀」像と「仏師康尚」についての言及があり、『本朝世紀』長保四年(二〇〇二)十月廿二日条によって、仏師康尚が故東三条院のために、白檀一尺以下の阿弥陀仏・普賢菩薩・文殊菩薩を造っていることを紹介する。

(51)仁和寺内の宇多法皇の僧房は「御室(おむろ)」と呼ばれ、御在所の建物名に止まらず、法皇自らを指す言葉、遂には仁和寺周辺の地名となった。仁和寺の御室には、天暦六年(九五二)四月、朱雀法皇も遷御している。『源氏物語』の朱雀院の出家の場面では「山の座主」(若菜上・一〇四五)が受戒の師を勤めるが、これについて『河海抄』などは、延暦寺座主延昌が受戒の師を勤めた朱雀上皇出家の例を挙げている。

(52)この「験見えずは」という誓願の内容については、山本利達『中古文学攷』(清文堂・二〇〇三年)所収「横川僧都の発想――この修法のほどにしるし見えずは――」に考証がある。

(53)『小右記』長保元年(九九九)十一月四日条「勝算僧都、加持ニ奉仕ス。邪気、一両ノ女人ニ駈リ移シシ後、頗ル宜シク御坐ス」など。

(54) 同じ『源氏物語』に、出家後の女三宮に後夜の加持が行われているとき、「物の怪」が出て来て、恨み言を述べた後、「今は帰りなん」と言って消えるのも、同様の物語化の方法と考えられるが、死霊の名乗りについては記録類にも散見される。『小右記』正暦四年(九九三)閏十月十四日条には、観修僧都が実資の所に来て語った話として、東宮更衣藤原済時女娍子懐妊により「修法」を行っていたところ、「猛霊」が突然出て来て「我ハ是レ九条丞相(藤原師輔)ノ霊ナリ」と名乗り、「小野宮太相国(藤原実頼)ノ子族滅亡スベキノ願、彼ノ時極メテ深シ」とし、更衣に「懐妊ノ気」があるので、それを妨げ、胤を断つのだと言ったことが紹介されている。

(55) 修法はその規模によって一壇、両壇、五壇の壇を築く。『源氏物語』にも「御すほうの壇《だん》ひまなくぬりて」(若菜上・一〇八七)「しん殿とおぼしき、ひんがしのはなちいでに、すほうの壇《だん》ぬりて」(夕霧・一三二一)などと見えるように、土で塗り固めて作った。修法に失敗した場合、僧はその壇を毀ち、退出した。一条御息所の延命に失敗した律師も「す法の壇《だん》こほちて、ほろ〳〵といづる」(夕霧・一三三九)とある。

(56) 物の怪を寄りつかせる、このような小童を「よりまし(寄坐)」というが、『源氏物語』には「よりまし」という語の用例は見られない。十二世紀後半の歌学書『袖中抄』の「よりべのみづ」の注釈に「又物つきをよりましと云も同心也」とあるのが早い用例。

(57) 『平安時代史事典』(角川書店)「陀羅尼」解説(今堀太逸)による。空海を開祖とする真言宗では、礼拝の対象は大日如来であり、「真言」とは、大日如来の言葉という意味にもなる。『源氏物語』の二例の用例中、一例はこの意味である。

(58) 例えば、斉藤暁子『源氏物語の宗教意識の根柢』(桜楓社・一九八七年)は、「古代日本人の在俗貴族層が受容理解した仏教並びに諸信仰の歴史的展開様相とその宗教意識を対象に考察し、源氏物語の宗教意識の根柢を明らかにしたい」(序にかえて)という問題意識のもとで、源氏物語時代の仏教思想を追究する。

(59) 「南無当来導師」の本文は、池田本などは「なもたうらいたうし」と仮名書きである。

(60) 経筒(国宝、京都国立博物館寄託)は、高さ三六・一センチ、底径一六・一センチの金銅製で、筒の外周に二四行の陰刻銘があり、「大日本国左大臣正二位藤原朝臣道長百日潔斎率信心道俗若千人以寛弘四年秋八月上金峯山以手自奉書写妙法蓮華経一部八巻无量義経観普賢経各一巻阿弥陀経一巻弥勒上生下生成仏経各一巻般若心経一巻合十五巻納之銅篋埋于金峯其上立金銅灯楼奉常灯」などと見える。

(61) 『法華経』信仰の隆盛という点から注目される菩薩として、観音菩薩以外に、普賢菩薩も挙げることができるだろう。「普賢菩薩」は、『法華経』普賢菩薩勧発品第二十八に「この経を読誦せば、我、そのときに、六牙の白象王に乗りて、大菩薩衆とともにその所にいたりて、自ら身を現じて、供養し守護して、その心を安慰せん」(妙一記念館本仮名書き法華経)などとあることによって、白象に乗って現れるとされる。『源氏物語』では、源氏が十八歳の冬、故常陸宮の姫君末摘花の邸を訪ね、翌朝、雪明かりに照らし出された末摘花の、異様に醜い容貌に仰天する場面で、「あなかたは、と見ゆるものは鼻なりけり。ふと目ぞとまる。普賢菩薩の乗物とおぼゆ。あさましう高うのびらかに、先の方少し垂りて色づきたる事、ことのほかにうたてあり」(末摘花・二二〇)とあり、象が「普賢菩薩の乗物」と表現されている。

(62)天禄元年（九七〇）源為憲が撰した『口遊』には「八日、太子下る。薬師仏を念ずれば、五十劫罪を除き、糞地獄に堕ちず」（内典門）とある。『口遊』は、幼学の会編『口遊注解』（勉誠社・一九九七年）による。

(63)聖徳太子の『憲法十七条』の第二条「篤く三宝を敬へ」が有名。永観二年（九八四）十一月、源為憲が尊子内親王のために著した仏教入門書『三宝絵』は、上巻を「仏宝」、中巻を「法宝」、下巻を「僧宝」とする。

すくせ考

(64)一九五三年・弘文堂、一九九三年・講談社学術文庫として復刊。引用は、講談社学術文庫・六六頁。

(65)『法華経』の本文は、岩波文庫により、私に書き下し文を付す。以下同様。

(66)三木雅博『紀長谷雄漢詩文集並びに漢字索引』（和泉書院・一九九二年）所収の本文による。八九頁。

(67)『岩波仏教辞典』「五障三従」の項目。

(68)中田祝夫編・監修『妙一記念館本仮名書き法華経』翻字篇（佛乃世界社・一九八九年）

(69)中田祝夫編著『足利本仮名書き法華経』翻字篇（勉誠社・一九七六年）

(70)新日本古典文学大系『源氏物語一』（岩波書店）二四四頁、脚注三七。

(71)新編日本古典文学全集『将門記・陸奥話記・保元物語・平治物語』（小学館）三七頁。承徳三年（一〇九九）点では「讎」に「カタキ」とある。引用末尾の「挑」は楊守敬本に従い改めた。

(72) 西本願寺本伊勢集の本文は「をとこ」。「をんな」の誤記とみて、改める。
(73) 工藤重矩校注『後撰和歌集』（和泉古典叢書・一九九二年）九二頁頭注。
(74) 片桐洋一校注『後撰和歌集』（岩波書店、新日本古典文学大系・一九九〇年）一三四頁脚注。
(75) この考え方を推し進めると『伊勢集』冒頭の歌の解釈も変更すべきだということになる。しかし、『伊勢集』の詞書と和歌は微妙に破綻していて、和歌の表現に目を瞑って通説のような解釈をとっておくか、それとも、詞書を言葉足らずとして詞書の行間に和歌に合う文脈を補って解釈するか、のいずれかになる。多くの注釈や解説が前者の立場を取るなかで、片桐洋一氏は「伊勢の伝を浮きぼりに」するため後者の立場を取り、次のように読み解かれた。「女は周囲の人に対してはずかしい思いでいっぱいである。男の姉にあたる七条の后のもとに仕えていると、男についての情報が何かと耳に入ることも多く気が気でない。とても堪え切れないと思って女は当時五条あたりにあった父の邸に帰ってしまうのであるが、男はそれを知らずに姉の七条の后のもとに女を訪ね、会えなかったゆえに歌をよみ、その歌を使に託して女に届けたのである」（日本の作家7『伊勢』新典社・一九八五年、五〇頁）
(76) 平田喜信・新藤協三・藤田洋治・加藤幸一編『合本三十六人集』（三弥井書店・二〇〇三年）三三頁。
(77) 『冷泉家時雨亭叢書　資経本私家集二』（朝日新聞社・一九九八年）二〇二頁。
(78) 『伊勢集』では「人」という詞書が散見されるが、二九四・二九五番歌などのように、その次に「かへし」が置かれる例が多い。しかしその場合、歌仙家集正保版本三〇五・三〇六番歌が「かへし」を、西本願寺本三三三・三三四番歌が「人」を欠脱するなど、簡単な詞書であるだけに詞書の欠脱がまま見られる。日常詠を集めた褻の歌群（一一〇～三七八）では、最小限の詞書が注記のような形で付けられているに過ぎず、それが書写者の不注意で脱落してしまったケースも発生したと見受けられる。なお、『伊勢集』三三九番歌は、『古今和歌六帖』に「みづぐきのかよふばかりをすくせにて　きくもながらにはてねとやきく」（五・ふみ・三三八二）という形で伊勢詠として収録されているが、「人」という詞書のない西本願寺本系統以外の『伊勢集』から収められたのであろう。

(79) 新日本古典文学大系『平安私家集』（岩波書店・一九九四年）解説（平野由紀子）五二四頁。

(80) 片桐洋一『伊勢物語の研究〔研究篇〕』（明治書院・一九六八年）に詳しい。

(81)『大和物語』の引用は、今井源衛『大和物語評釈』（笠間書院）により、私に表記を改める。

(82) 萩谷朴『平中全講』（私家版・一九五九年）一五〇頁。今井源衛『大和物語評釈』下巻（笠間書院・二〇〇〇年）九三頁。

(83)『うつほ物語』の引用は、新編日本古典文学全集『うつほ物語』（小学館）により、私に表記を改める。

(84)『落窪物語』の引用は、新日本古典文学大系（岩波書店）により、私に表記を改める。

(85) 引用本文は、『最明寺本往生要集』譯文篇（汲古書院・一九九二年）に基づき、岩波文庫『往生要集（下）』（一九九二年）を参考にして作成した。

(86) 井上光貞・大曾根章介『往生伝・法華験記』（岩波書店）の本文による。

横川往還の道と小野

(87) 岩波文庫『摩訶止観』上・一五六頁。

(88)『大鏡』裏書（日本古典文学大系『大鏡』岩波書店）には「天暦八年甲寅九条右丞相登楞嚴峯欽仰大師歴覧地勢忽発念願草創法花三昧堂」とあり、『叡岳要記』下（群書類従）の「楞嚴三昧院」の項にもほぼ同文で「右九条右大臣師輔草創也。天暦八年月日、登楞嚴峯、欽仰慈恵大師、歴覧山院地勢、忽発願念、草創法華三昧堂」と見え、月日は記されていない。

(89)『蜻蛉日記』の引用は、新日本古典文学大系（岩波書店）による。

(90) 本書所収「源成信論」参照。

(91)『日本紀略』長保五年五月十九日「洪水」二十日「仁王会延引。去夜大水入京中之故也」などと、前月から梅雨末期の大雨が続いていた。

(92) 加納重文『平安文学の環境』（和泉書院・二〇〇八年）六四七頁に「べんてつ観音」の写真が掲載されている。

(93)『御堂関白記』長和元年（一〇一二）正月十六日条に「巳ノ時（午前十時）許、慶命僧都、来リテ云フ、山ニ侍ルノ間、此暁、馬頭（顕信）出家、無動寺ニ来リ給ヒテ坐ス」とある。

(94)「堀河殿」と呼ばれた、兼通の四男で当時権中納言であった藤原朝光の主催と推定されている、天延三年（九七五）二月十七日開催『堀河中納言家歌合』には「横川に登りたまひてせほう行ひたまふとておはするに、七日の日のつとめてより雨の降るに、いとつれづれなるに、これかれ集まりて様々なることを言ひしろふに、聞きたまうてこと御かたわきて歌をやは合はせぬとのたまはすれば、いどみて、かうしにもありけりとてあはす」と日記があり、「岩の上の松」「霞」「山桜」「鏡山」「釣り舟」「深き山」「青柳」「鶯」「逢ひて逢はぬ恋」などの題で歌が合わされている。薫の浮舟に対する恋は「逢ひて逢はぬ恋」と言え、そこに「夢」が詠まれていることも注目される。

(95)『うつほ物語』に「そのわたりは比叡の坂本、小野のわたり、音羽川近くて、滝の音、水の声あはれに聞こゆる所なり」(忠こそ①二五〇、引用は新編日本古典文学全集・小学館)、『拾遺抄』に「権中納言敦忠が西坂下の山庄のたきのいはにかきつけ侍りける　伊勢／おとは川せきいれておとすたきつせに 人の心の見えもするかな」(雑下・五〇七) などとあるのは、音羽川に近い「夕霧」に見える「小野」周辺であろう。

あとがき

本書に収めた論考は、そのはじめ、次のような標題で、次のような順に公刊された。

1　源成信論　京都女子大学宗教・文化研究所『研究紀要』第十七号　二〇〇四年
2　仏教思想　講座源氏物語研究・第二巻『源氏物語とその時代』（おうふう）二〇〇六年
3　源氏物語「すくせ」淵源考　『源氏物語の展望』第三輯（三弥井書店）二〇〇八年
4　物語最後の舞台―横川往還の道と小野―　『源氏物語の新研究―宇治十帖を考える』（新典社）二〇〇九年
5　高光と『源氏物語』　東京大学国語国文学会『國語と國文學』平安朝文学史の構想　二〇一一年
6　高光とその周辺―出家をめぐる高光室・愛宮・師氏からの発信―　『王朝の歌人たちを考える―交遊の空間』（武蔵野書院）二〇一三年

このうち最もはやい「源成信論」を書いた頃、私の興味は、平安時代の遁世思想と文学の関わりにあった。十世紀後半における天台仏教の貴族社会への浸透、源信『往生要集』の成立と天台浄土教の隆盛といった時代背景のなかで、『大和物語』に見える良少将（遍昭）の出家、『多武峯物語』が語る高光の出家、巷で話題となったにちがいない佐理・時叙・保胤・義懐・惟成・定基・統理・成信・重家・成房らの出家、それらを直接あるいは間接に見聞きした『源氏物語』の作者の眼と心を考えてみたいと思っていた。そうした興味に導かれ、時には脇道に逸れながらも、『深山の思想』『隠遁の憧憬』（以上、和泉書院）『惟成弁集全釈』『高光集と多武峯少将物語』『為信集と源氏物語』『紫式部集全釈』（以上、風間書房）などの拙著を重ねてきた。

今回は、高光の「横川」入山の波紋から、『源氏物語』の終焉に語られる「横川の麓」小野で身を潜めるしかない浮舟の姿まで、すなわち「横川」で始まり、「横川」で終わる二つの論考を最初と最後に置いて、その間に、高光出家の波紋がいかに『源氏物語』に及んでいるかを論じた「高光から源氏物語へ」、高光と同じ廿三歳で出家した源成信（道長の猶子）周辺の事跡を追った「源成信論」、『源氏物語』における「念仏」「修法」「加持」などの用例に基づいて浄土教や密教を考察し、弥勒信仰・観音信仰・薬師信仰などにも論及した「源氏物語の仏教思想」、仏教語の「宿世」と『源氏物語』の「すくせ」の異相を説き、「宿世」が「すくせ」となるまでの経緯を明らかにした「すくせ考」の四本の論考を配した。

特に、最後に置いた「横川往還の道と小野」を読み返していると、比叡山周辺を散策・踏査した記憶が甦ってくる。故加納重文先生（京都女子大学名誉教授）と「志賀の山越え」の道を辿ったり、坂本の叡山文庫で閲覧した叡山図に基づいて大宮川を遡り「かまくら」神蔵寺旧跡の位置を特定したり。比叡山ドライブウェイ、八瀬ケーブル・ロープウェイ、坂本と東塔の根本中堂を繋ぐ比叡山鉄道など観光化したポイントもあるが、それらは限られた地点であって、そうした場所を除くと、比叡山には、修行の道や、歩いていても誰とも出会わない、忘れられた古道がたくさんある。大宮川の衣掛《きぬかけ》岩上流から悲田谷を登り、天梯《てんだい》ノ峰の檀那院覚運墓で本坂に接続する道を歩いた時の、あの静けさ。突然、飛礫《つぶて》を投げてくる法師や、東塔での不断念仏に参会した帰り道の道長が現れるような気がする、不思議な静けさなのだ。あるいは、横川の飯室谷の慈忍和尚廟周辺や、その別所である安楽谷に身を置いていると、そこが日常と隔絶した世界であることが伝わってくる。異界感に満ちた飯室では、尋禅や義懐や成房がまだ生きているような錯覚を覚えるのである。私にあとどれほどの時間が残されているか分からないが、残された時間のなかで今後も比叡山周辺の散策を続けようと思う。

今回も、本書刊行のために、風間書房の風間敬子社長にはお世話になった。ここに付記し、心より御礼申し上げる。

二〇二〇年立秋

笹川博司

人名索引

凡例

一、本書に引用した人名を五十音順に配列し、その頁を示す。
一、原則として、僧侶の名は音読み、俗人の名は訓読みとしたが、音読みの方が通用している俗人（例えば、定子＝ていし、彰子＝しょうし、など）は、それに従った。

愛宮　あいみや　2　8～11　17～23　30　33　40　185　186　196
詮子　あきこ　57　64　66　68　70　71　82　95　115
顕忠　あきただ　37
顕信　あきのぶ　181　182
昭平親王　あきひら　40　41　198
顕光　あきみつ　71　74　75
朝光　あさみつ　215
敦定　あつさだ　78
敦忠　あつただ　149
敦康親王　あつやす　65　66　176
有国　ありくに　138
有助　ありすけ　139
在衡　ありひら　58　201
伊勢　いせ　136～138
一条天皇　いちじょう　61～63　66　71　94　176
院源　いんげん　172
宇多天皇　うだ　97　136
叡増　えいぞう　113
慧遠　えおん　88　89
円仁　えんにん　89　174
覚運　かくうん　172
花山院　かざんいん　56
兼家　かねいえ　20　143～145　185　186
兼家女　78
兼資　かねすけ　58
兼資女　58
兼忠女　かねただ　145
兼宣　かねのり　80
懐平　かねひら　173
兼通　かねみち　20　185　188　189
寛空　かんくう　93
観修　かんしゅう　62　64　73　82
慶円　きょうえん　180　181
慶祚　きょうそ　53
慶命　きょうみょう　181
妍子　きよこ　56

清貫　きよつら　116
清通　きよみち　66　182
公任　きんとう　41　51　65　76　77　79　81～83　180
空海　くうかい　97
国経　くにつね　148　149
国幹　くにもと　69
源信　げんしん　86　88　89　92　163　187
恒久　こうきゅう　81
光孝天皇　こうこう　97
康尚　こうじょう　94
空也　こうや　86　89
小町　こまち　13　19
伊周　これちか　56　57　69
伊尹　これまさ　20　185　186
定文　さだふん　148　149
信明　さねあきら　15
実資　さねすけ　64　111　113～115　183
実成　さねなり　63
三条上皇　さんじょう　172　173
重明親王　しげあきら　93
重家　しげいえ　63　68　69　73～77　79　80　177
寂然　じゃくねん　170
勝算　しょうさん　97
彰子　しょうし　63　65　66　68　70
浄蔵　じょうぞう　148
定澄　じょうちょう　67　68　79
尋円　じんえん　73
尋禅　じんぜん　8　15　37　185
資平　すけひら　173　181　182
清少納言　せいしょうなごん　51　58　64　66　78
世親　せしん　88
善導　ぜんどう　88　89
醍醐天皇　だいご　93
高明　たかあきら　175
高明室　5　6
隆家　たかいえ　56～58
高子　たかいこ　150
孝忠　たかただ　69
高光　たかみつ　1～4　6～12　14～31　33　34　37　38　40　42　45　46　48～50　185～187　189
高光室　2～12　14～19　21　22　24　25　27　28　30　31　33　186
高光女　11　12　15　25　41
忠君　ただきみ　19～21　185
斉信　ただのぶ　64
忠平　ただひら　20　63　116
為尊親王　ためたか　71　79　178
為尊親王室　71　73
為任　ためとう　59
為憲　ためのり　212

為光　ためみつ　14 15 56
親賢　ちかかた　15
親扶　ちかすけ　69
親信　ちかのぶ　72
智顗　ちぎ　207
継蔭　つぐかげ　136 137
経邦　つねくに　20
経房　つねふさ　59 60 63 68
定子　ていし　59 63 65 66 67 70 71 73 74 76 78 176
遠量　とおかず　37
遠度　とおのり　37 146
遠基　とおもと　37
時平　ときひら　148〜150
時光　ときみつ　64
俊賢　としかた　71 173
利基　としもと　139
倫子　ともこ　53〜56
曇鸞　どんらん　88
直子　なおいこ　147
脩子内親王　ながこ　176
中務　なかつかさ　51
仲平　なかひら　136〜138
成信　なりのぶ　51〜56 58 59 61〜70 72〜83 177
業平　なりひら　147 148
成房　なりふさ　71〜73 76 79 80 176〜178
生昌　なりまさ　63 67 70
宣孝　のぶたか　110
規子内親王　のりこ　52
長谷雄　はせお　124 126
遍照　へんじょう　77
法然　ほうねん　89
雅明　まさあきら　15
雅子内親王　まさこ　8 10 15 33
雅信　まさのぶ　53〜56 40 195
雅信室　78
匡衡　まさひら　61 64 68 74
正光　まさみつ　61
道兼　みちかね　41 71
道隆　みちたか　71
道綱　みちつな　64 68 146
道綱母　19 115 144〜146
道長　みちなが　53〜55 59〜71 74〜76 83 110 172〜174 180〜183
穆子　むつこ　56
致平親王　むねひら　51 52 55 73 79 177
棟梁女　むねやな　148 149
村上天皇　むらかみ　1 2 30 44 48 51 76 93 94 185
紫式部　むらさきしきぶ　42 110

以言　もちとき　95
元輔　もとすけ　51 58 142
盛子　もりこ　20
師氏　もろうじ　4 5 14 15 23 25 27〜31 34
師氏室　6 7 15 27 28
師氏女　2 4
師輔　もろすけ　1 8 10 20 29 33 49 174 175
安子　やすこ　38 39 185 195
靖子内親王　やすこ　15
康子内親王　やすこ　195
保忠　やすただ　63
保胤　やすたね　86
保信　やすのぶ　15
保光　やすみつ　82
保光女　82
行成　ゆきなり　59〜66 68〜77 79 80 83 176〜178 181
永円　ようえん　207
余慶　よけい　51 53 177
義方　よしかた　20
徽子　よしこ　33 52
媞子　よしこ　70 176
温子　よしこ　136
義懐　よしちか　72 73 176 177
良名　よしな　52
良房　よしふさ　60
頼通　よりみち　55 68 174
頼宗　よりむね　201
良源　りょうげん　29 174 185 187
済　わたる　157

事項索引

凡例

一、本書が扱った重要と考えられる事項を五十音順に配列し、その頁を示す。
一、地名・書名・重要と考えられる思想用語などを主な対象とした。

悪根 162
朱の衣 6
敦忠集 24
あまがへる 196
海人手子良集 197
阿弥陀 86 87
阿弥陀経 88
阿弥陀三尊像 93 95
阿弥陀仏 29
安楽律院 73
石山寺 114 115
石山詣 115
伊勢集 135〜138 141
伊勢物語 139 140 146 147 149 150
一条院内裏 67
一代要記 15
衣服令 6
飯室 72 73 79 80 176 177
岩倉（石蔵） 80
引声 89
因縁 165
宇治 48 64 191〜193
うつほ物語 152〜154 156〜158 161
雲林院 89
栄花物語 11 25 40 54 55 57 58
恵心院 178
円堂 97
縁日 111 117
円明寺 82 181
延暦寺 172
逢坂山 177
往生要集 86 88 89 92 163
往生礼讃偈 88
大鏡 1 48
大宮川 176
落窪物語 152 154 159
小野 168 184 189 191 192
御室（おむろ） 209
園城寺 177

戒壇院　182　183
河海抄　116
蜻蛉日記　19　115　143　146　163　175
加持　102　104
駆り移す　102
観想念仏　89
観音菩薩　111
観音霊場　115
観無量寿経　88　89　95
九暦　175
経筒　110
教令輪身　106
清水寺　111　115
雲母坂　172　192
公任集　81　82　138
金峰山　109　110
公卿補任　14　54
九条右大臣集　18
口遊　212
黒谷　172
黒谷道（昏谿路）　180〜182
下生　109
解脱寺　82　95
源氏物語　34　35　37　38　40〜42　44〜48　50　77　85　86　96　97　108　109　112　114〜116　118　119　121　122　124　126〜128　132〜137　143〜147　150〜152　154〜156　158　161　163　164　167　171　182　189
古今和歌集　5　8　9　13　20　24　52　147　188
後拾遺和歌集　82
護身　107　108
後撰和歌集　6　8　9　13　137　138　140〜142　149　150　157
古本説話集　2
権記　53　56　59　62〜66　69　70　73〜75　77　78　80〜82　94　110　176　178　180
金剛頂経　97
今昔物語集　165
根本中堂　167　172　173　183
西教寺　176
斎宮女御集　33　52
西塔　178
西方極楽浄土　87
さきの世　133
三十六歌仙　33
三宝　118
三宝絵　212
山門堂舎記　207
職事補任　20
仁寿殿　93　94
拾遺抄　41　42　44
拾遺和歌集　20　33　76　169
宿縁　124　163
宿世　124　126　127　130　162

宿命　124 163
常行三昧堂　29 95
浄土教　85 86 118 163
浄土論　88
浄土論註　88
称名念仏　89
将門記　133
小右記　56 64 97 110 111 113 115 172 173 178 181〜183
続後撰和歌集　4
しゐのわかきか　9
新古今和歌集　2 44
真言　107
新勅撰和歌集　78
すくせ　34 123 124 126 127 134 162
修法　97 98
青龍寺　180
世尊寺　79
善根　126 162 164
禅師坂　181 182 192
前世　124 162 164 165
善知識　127
草根集　140
蘇悉地経　97
素性集　140
尊卑分脈　5 15 20 53
大雲寺　80 81
大覚寺　65
大日経　97
大日如来　96 97
大日本国法華経験記　164
高光集　33 34 42 44 45 49
竹取物語　152
手輿　173
但馬　57
谷道　176
陀羅尼　106 107
檀那院　182
土御門院御集　140
鶴の子　27
東塔　167 183
多武峯　2
多武峯少将物語　1 15 22 25 26 30 33 34 36〜39 48 185 187 188
多武峯略記　33
東方浄瑠璃浄土　116
土佐日記　143
兜率天　109
長谷　81 82 95
梨本房　182
西坂　172 183 192
西山　65
二乗　170
二中暦　196

日本往生極楽記 86
日本紀略 44 97
仁和寺 97
念誦堂 94
念声是一 89
念仏 29 90
長谷寺 112 115
初瀬 113
初瀬詣 114
播磨 57
比叡山 1 172
東坂 172 183
白檀 93〜95
毘盧遮那 96
仏殿 94
不動尊 105 106
ふるき 38
平中物語 5 151
べんてつ観音 180
法師かへる 3
法門百首 170
法華経 112 113 118 123 124 126〜130 132 144 162
法興院 74
ほだし 12 34
法華会記 124 126
法華三昧 36
法華三昧堂 29 175 207
法華懺法 36 129
本坂 172
本朝文粋 61 68
摩訶止観 169 207
枕草子 58 67 78 109〜111
松ヶ崎 81 82 181
万葉集 141
三井寺 52 72 75 79〜81 177
三笠の山 15
御修法 98
御嶽精進 109
密教 85 96 118
御堂関白記 110 172 180〜182
峰道 176
弥勒菩薩 109
昔の世 132
無動寺 181
村上天皇御記 93 94
紫式部日記 34
無量寿経 87 88
無量清浄覚経 164
無量清浄仏 164
元輔集 52 142
元良親王集 7
物怪調伏 101
桃園 5 196
薬師仏 116 117 167 173

やしほの岡 81
八瀬 178 192 194
八瀬路 178 183 184
山階寺 67
大和物語 146 148 150 151 154
横川（河） 2 17 29 48 167 171 174〜176 185〜187 189 194
能宣集 10
吏部王記 93
竜華三会 109
楞厳三昧院 29
六時 88
六時讃 88
六道 87
六波羅蜜寺 73
藁履 174

和歌索引

凡例　一、本書に引用した和歌を五十音順に配列し、その頁を示す。
一、引用した部分の初め二句をすべて歴史的仮名遣いのひらがなにして掲げ、繰り返し記号は用いず、「む」「ん」の異同は「む」に統一した。

あしひきのやまなるおやを　26
あしひきのやまよりいでむ　189
あだしののかぜになびくな　189
あとたえてこころすむとは　47
あなこひしいまもみてしか　13
あはれともおもはぬやまに　3
あふことのかたきもしらず　27
あふことのかたみとてだに　27
あふことのきみにたえにし　6
あまとてもみをしかくさぬ　24
あまにてもおなじやまには　25
あまのかるもにすむむしの　24
いかでかはたづねきつらむ　42
いかなりしすくせをすゑの　143
いかなるつみかおもからむ　143
いせのうみにふねをながして　24
いづくにもかくあさましき　17
いづくにもかくあさましき　187
いづくへもあめのうちより　185
いとへどもうきよのなかに　7
うきよをばそむかばけふも　203
うちわびてよばはむこゑに　188
うつつにてたれちぎりけむ　149
おくやまのこけのころもに　35
おつるはのつねならぬよに　206
おとはかはせきいれておとす　216
おほはらやをしほのやまも　149
おもひしるひともありける　77
おもひしるひともありける　205
おもひつつこひつつはねじ　19
おもひつつぬればやひとの　13
おもひつつぬればやひとの　19
おもふおもひのたえもせず　19
おもふてふこころはことに　148
かがみやまいざたちよりて　8
かがみやまきみがかげもや　7
かからでもくもゐのほどを　52
かかりてふよかはともへど　185
かきくもりひかげもみえぬ　49

かきくらすのやまのゆきを 193
かたにてもおやににたらば 27
かたみこそいまはあたなれ 13
かみなづきかぜにもみぢの 44
きみがうゑしひとむらすすき 139
きみがかげみえもやすると 16
きみがきしきぬにしあらねば 35
きみがすむやまがはみずの 20
きみがすむやまぢにつゆや 37
きみがすむよかはのみづや 185
きみがためなくなくぬへば 21
きみがよをながたにのまつ 206
きみやうゑしわれやおほしし 11
きみをおもふふかさくらべに 6
くさふかきやまぢをわけて 21
くさふかきやまぢをわけて 185
くもゐにもかよふかなしと 142
くるるまもこひしかりける 52
けさのまもみねばなみだも 78
こけのきぬみさへぞわれは 37
ここのへのうちのみつねに 2
ここのへのうちのみつねに 48
ここのへのうちのみつねに 195
こころみになほおりたたむ 13
こほるらむよかはのみづに 176
こゑたかくあはれといはば 188
さざなみやしがのうらかぜ 204
さざれいしにおひんよまつに 197
さしぐみにそでぬらしける 37
さはみづにたつかげだにも 26
さはみづになくつるのねは 27
しげりますしのぶのうへに 10
しとどなくまがきのたけの 140
しもがれのよもぎがかどに 49
すみぞめのいろはわれのみと 204
すみぞめのころもとみれば 204
すむひともなきやまざとに 138
そでふれしひとこそみえね 193
たがはずやおなじみかさの 14
たがふことすくなきみるは 14
たきのおとのたえてひさしく 65
たづねてもわれこそとはめ 41
たにかぜになれずといかが 82
たにかぜになれずといかが 207
たにかぜになれずといかが 207
たもとよりぬれけむそでも 22
ちりぬればのちはあくたに 77
つきかげをいるるやまべは 52
つねにみしかがみのやまは 7
つのくににほりえにふかく 6
としごとのはなにわがみを 5
としへてすみしいせのあまも 24
ともすればなみだをながす 6
なかれてもきみすむべしと 18

なかれてもきみすむべしと　187
なきひとをこふるたもとの　39
なぞもかくいけるよをへて　18
なつなれどやまはさむしと　38
なみださへしぐれにそへて　136
なみださへしぐれにそへて　137
のりのしとたづぬるみちを　193
のりのたまいとどふかくぞ　206
はつくさのわかばのうへを　35
はるすぎてちりはてにけり　46
ひえにすむおやこひてなく　26
ひとすまずあれたるやどの　140
ひとすまずあれたるやどを　136
ひとすまずあれたるやどを　137
ひともこぬよもぎのやどは　10
ひとりのみながむるやどの　9
ひとりのみながめふるやの　9
ひとりのみよにすみがまに　7
ひねもすにふるはるさめや　40
ふきまよふみやまおろしに　37
ふじのねのけぶりたえずと　18
ふねながすほどひさしと　23
ふればまづきみがすみかを　82
ほのぼのとあけのころもを　5
まくらゆふこよひばかりの　36
まだなれぬみやまがくれに　207
まつのゆききえかへりつつ　206
まつむしのこゑをたづねて　190
みそめてはとくかへらめや　81
みちのべのほたるばかりを　170
みづぐきのかよふばかりの　142
みづぐきのかよふばかりを　214
みづをあさみひくひともなき　156
みやこよりくものうへまで　2
みやこよりくものうへまで　48
みやこよりくものうへまで　195
みやこよりくものやへたつ　195
みをわくることのかたさに　8
むかしせしわがかねことの　149
むかしよりやまみづにこそ　37
ものおもひはわれもさこそは　19
ものおもひのやむよもなくて　9
もみぢばにとめしこころは　206
ももしきのうちのみつねに　196
もろともになでておほしし　12
やまぢしるとりにわがみを　4
やまとなるみみなしやまの　188
やまのいのあさきこころも　20
やまのいのふもとにいでて　20
やまのははかくしもあらじ　28
ゆくさきをしらぬなみだの　157
ゆくすゑのすくせもしらず　148
ゆくすゑのすくせをしらぬ　148
よのうきめみえぬやまぢへ　52

よのなかにうしのくるまの　204
よのなかにふるぞはかなき　204
よのなかはいかがはせまし　169
よのなかをいかにせましと　71
よのなかをはかなきものと　71
よをいとふこころはやまに　47
わがいらむやまのはになほ　3
わがこひはしらぬやまぢに　5
わがためにきみがをりける　28
わがためになみのぬひける　16
わがみにもよをうぐひすと　4
わするとはうらみざらなん　9
われのみやよをうぐひすと　5

著者略歴

笹川博司（ささがわ　ひろじ）

1955年大阪府茨木市に生まれる。
1979年京都府立大学文学部卒業。
1993年大阪教育大学大学院修了。
1998年博士（文学）〈九州大学〉
現在、大阪大谷大学教授。

著書
『深山の思想―平安和歌論考―』（1998年・和泉書院）
『惟成弁集全釈』（2003年・風間書房）
『隠遁の憧憬―平安文学論考―』（2004年・和泉書院）
『高光集と多武峯少将物語―本文・注釈・研究―』（2006年・風間書房）
『為信集と源氏物語―校本・注釈・研究―』（2010年・風間書房）
『紫式部集全釈』（2014年・風間書房）
現住所　〒567-0854　大阪府茨木市島２丁目6-7

源氏物語と遁世思想

二〇二〇年九月三〇日　初版第一刷発行

著者　笹川博司
発行者　風間敬子

発行所　株式会社　風間書房
101-0051　東京都千代田区神田神保町一―三四
電話　〇三―三二九一―五七二九
FAX　〇三―三二九一―五七五七
振替　〇〇一一〇―五―一八五三

印刷　藤原印刷
製本　高地製本所

NDC 分類：913.36
ISBN978-4-7599-2337-7　Printed in Japan